天沐鬼王

천목귀왕 2

초판 1쇄 인쇄일 2015년 10월 16일 | **초판 1쇄 발행일** 2015년 10월 20일

지은이 청울 | **펴낸이** 곽중열 | **담당편집 팀장** 이범수
편집부 신연제 이윤아 김호성 김은경

펴낸곳 (주)조은세상 | 출판등록 제 2002-23호
주소 경기도 연천군 미산면 청정로 1355
TEL 편집부 02)587-2966 | FAX 02)587-2922
e-mail bukdu@comics21c.co.kr

ⓒ청울 2015
ISBN 979-11-5832-313-4 | ISBN 979-11-5832-311-0(set) | 값 8,000원

천목
귀왕

天沐鬼王

청울 신무협 장편소설

②

NEO ORIENTAL FANTASY STORY

북두
(주)좋은세상

天水鬼王

청울 신무협 장편소설

天汲鬼血

6장.
혈교
(2)

6장.

혈교
(2)

"내게 원하는 게 뭐지?"

"백선문을 떠나세요. 백선문을 떠나서 만금성으로 들어가세요. 그곳만이 그대가 살 수 있는 유일한 곳입니다."

"대나귀는 왜 나를 죽이려고 하는 거냐?"

"대나귀는 그대가 만금성의 후계자란 걸 알고 있습니다."

진도운은 말없이 듣기만 했다.

"만금성의 후계자는 오래 전에 황제가 한 발언으로 만천하의 조롱거리가 되었습니다."

그 말에 진도운은 23대 대나귀가 자신을 죽이려는 이유를 짐작할 수 있었다.

"그런 곳의 후계자가 백선문의 제자가 된다면……. 그것도 천수악 스승님의 첫째 제자라는 게 알려진다면 백선문도 그 오명에 더럽혀질 것이라 생각하고 있습니다."

"그랬군."

단유휘가 작은 한숨을 내쉬었다.

"대나귀가 그대를 죽이기로 결정한 이상 그대는 죽어야 합니다. 설사, 여기서 빠져나간다 하더라도 중원 전역에 깔려 있는 시나귀들에게 쫓기는 신세가 될 겁니다."

단유휘는 품속에서 종이 한 장을 꺼내 진도운의 앞으로 던졌다. 그 종이는 진도운의 발 앞에 떨어지며 살이 쪄서 포동포동한 백우결의 얼굴을 드러냈다. 그 종이는 만금성에서 중원 전역에 뿌린 서찰이었다.

"제가 백선문을 떠나면서 만금성에 그대가 장사로 향하고 있다는 서찰을 보냈습니다."

"그럼 지금쯤 여기 와있겠군."

"제가 이미 그들과 접촉해서 여러 가지 일을 논의했습니다."

"뭘 논의했단 말이지?"

단유휘는 반쯤 고개를 숙였다.

"그대를 살리는 일을 논의했습니다."

"……."

진도운은 문득 가슴 한쪽이 진하게 울려오는 걸 느꼈다. 그건 예전에 백선문에서 단유휘를 보고 느꼈던 감정과 똑같았다. 그리고 단유휘가 백우결이 만금성의 후계자란 걸 숨기기 위해 기녀를 겁박했다는 사공비의 말도 떠올렸다.

"저는 그대가 이곳에서 죽은 것처럼 꾸밀 겁니다. 그리고 만금성에선 계속 그대를 찾고 있는 것처럼 중원 전역에 똑같은 서찰을 뿌릴 겁니다. 그럼, 대나귀는 그대가 만금성으로 들어간 것도 모르고 만금성에서 계속 그대를 찾고 있는 줄 알 겁니다."

"……!"

진도운은 눈썹을 들썩였다.

'괜찮은 방법이군.'

만금성에서 서찰을 뿌리면 혹시나 송표기가 살아서 자신이 백우결의 몸속에 있단 걸 말해도 혁련굉이 만금성으로 찾아오는 일은 없을 것이다. 서찰을 뿌린다는 것은 계속 백우결을 찾고 있다는 뜻이니까.

"중원 전역에 시나귀들이 퍼져 있습니다."

"그럼, 만금성에도 있을 텐데."

"그곳은 시나귀들이 유일하게 진입하지 못한 곳입니다."

만금성은 철저하게 폐쇄적인 곳으로 자신들만의 세상을 구축하고 있었다. 그곳의 후계자인 백우결이 세상에 한 번도 드러나지 않은 것만 봐도 알 수 있었다.

"그럼 작금의 대나귀는 어떻게 내가 만금성의 후계자란 걸 알게 된 거지? 그 서찰에 만금성의 후계자라고 적혀 있는 것도 아니잖아."

"만금성엔 없지만 그 주위에는 있습니다. 그 주위에 있는 시나귀들이 어디서 주워듣고 대나귀에게 전해주었을 가능성이 큽니다."

그의 말이 옳았다. 만약 만금성에 시나귀가 있었다면 진작 백우결이 만금성의 후계자라는 걸 알고 자신이 백우결의 몸에 들어오기 전에 죽였을 것이다.

"내가 만금성으로 가면 똑같이 주워들을 수 있는 거 아닌가?"

"그럴 일은 없을 겁니다."

"왜지?"

"그대가 살이 빠져서 전혀 다른 사람처럼 보이기 때문에 알아보기 힘든 것도 있고 다른 이유도 있습니다만⋯⋯. 다른 이유는 저보다 그쪽 사람에게 직접 듣는 게 나을 것 같군요."

"만금성에서 누가 왔단 말이냐?"

"사평호라는 자가 왔습니다. 그대를 잘 알고 있다고 하더군요."

단유휘가 몸을 틀어 손을 흔들었다. 그러자 저 멀리 길 끝에서 사람 그림자가 불쑥 튀어나오더니 이곳으로 부리나케 달려왔다. 점점 그의 모습이 선명하게 보였다. 그리고 그의 모습이 드러날수록 진도운의 눈도 커졌다. 축 처진 볼 살에 두꺼비처럼 생긴 노인이 비단 장삼을 입은 채 순식간에 다가왔다. 그동안 백우결의 기억 속에서 자주 보았던 그 노인이었다. 백우결의 몸을 개조한 그 노인 말이다.

"신환방의 주인이라고 했던가?"

이미 송표기에게 한 차례 들은 바 있었다. 하지만 이리 눈앞에 직접 나타날 줄 몰랐다.

"그럼, 두 분이 말씀을 나누시지요."

사평호가 다가오자 단유휘가 몸을 돌려 멀리 떨어져갔다. 사평호는 단유휘가 멀리 떨어진 걸 확인하고 나서야 입을 열었다.

"껄껄껄. 오랜만이네. 소성주."

사평호는 기억 속의 웃음소리를 똑같이 내뱉었다.

"오랜만입니다."

진도운은 무심한 목소리로 짤막하게 대답했다. 그런데 그 말에 사평호가 눈썹을 들썩이더니 진도운을 뚫어져라 쳐다봤다. 살이 빠진 것이나, 전체적으로 풍기는 분위기나, 어느 것 하나 자신이 알고 있는 백우결과 똑같은 게 없었다. 그래서 그는 놀란 기색을 좀처럼 감추지 못했다.

"그동안 만금성을 떠나 있더니 많이 변했군. 나를 보고 떨지도 않고 말이야."

"사람이란 변하기 마련이죠."

"그래도 이렇게 달라질 줄은 몰랐어. 예전에는 뒤룩뒤룩 살이 쪄서 나만 보면 새끼 돼지마냥 꽁무니 빼기 바빴던 놈이 지금은 나를 당당히 보고 있군."

진도운은 피식 웃었다.

"제가 그랬습니까?"

"그랬지. 지금처럼 여유 있게 웃지 않고 늘 식은땀도 흘렸지."

사평호는 다시 한 번 진도운의 몸을 위아래로 훑었다.

"백선문에 들어갔다고 하더니 무공까지 익혀서 나왔네. 내가 그동안 네 몸을 만들면서 얼마나 안타까워했는지 아냐? 평소 네 놈 하는 꼬락서니를 봐선 그 몸을 제대로 쓰지도 못하고 낭비할 것 같았는데……."

사평호의 시선에 감탄의 빛이 어렸다.

"이제 보니 내가 만들어준 몸을 잘 쓰고 있잖아."

그 말에 진도운은 짐짓 미소를 지었다.

"마저 하던 얘기나 하죠."

그제야 사평호가 진도운의 몸을 훑는 걸 멈췄다.

"그래. 그래. 얘기 해야지. 저 냉랭한 놈 말론 만금성에 숨어있어야 한다고 하던데. 만금성의 주변에 있는 것들에게도 자네를 드러내선 안 된다고 하더군."

"저 친구가 원체 저를 걱정하는 마음이 큽니다."

"그래. 그런 거 같아. 이렇게 자넬 보니 걱정 할 필요가 없겠어. 어서 만금성으로 돌아가서 그 몸부터 완성시키자고."

순간, 진도운은 미간을 찌푸렸다.

"그게 무슨 소리입니까?"

"뭐가 말인가?"

"제 몸을 마저 완성시킨다는 말씀 말입니다."

"네 놈이 막바지에 이르러서 도망 가버려 놓고 뭘 물어."

"자세히 말씀해주시겠습니까?"

사평호는 쯧쯧 혀를 차며 고개를 저었다.

"네 놈이 드디어 그 몸의 진가를 알아보고 궁금해 하는구나. 예전에는 그렇게 싫다고 생난리를 피더니. 이제 무공을 익혀보니까 그 몸이 얼마나 대단한지 알겠더냐?"

"아직 뭐가 남은 겁니까?"

"뭐긴. 네 단전에 박혀있는 내공이지."

진도운은 단전에서 꼼짝도 않고 있는 거대한 내공 덩어리를 떠올렸다.

"원래 그 내공은 잘 풀어서 써야 돼. 안 그럼 지금처럼 단전 안에 박혀서 얼마 쓰지도 못해."

"그렇군요."

진도운은 그동안 야금야금 내공을 녹여왔던 지난 시간들을 떠올리며 허탈하게 웃었다.

"그러니까 어서 만금성으로 가자고. 가자마자 그것부터 내가 풀어줄 테니까."

"그 전에 저에게 말씀해주실 게 있지 않습니까?"

그 말에 사평호는 인상을 찌푸리며 난감하다는 표정을 지었다.

"성주가 위독해. 지금 버티고 있는 것도 기적이야."

자신이 보았던 만금성 성주의 나이는 중년이었고 딱히

병세도 없어보였다. 그러니 위독하다는 그의 말이 의심스럽게 들릴 수밖에 없었다. 진도운의 눈빛을 읽은 것인지 사평호는 묻지도 않았는데 술술 대답했다.

"네 아비가 만금성을 무림 문파로 바꾸려고 애쓰고 있었던 건 알지?"

진도운은 고개를 끄덕였다. 그건 이미 송표기에서 들어서 알고 있었다.

"그 일 때문에 잠시 만금성을 벗어났다가 부상을 당해서 돌아왔어."

"누가 그런 짓을……."

"의심 가는 놈들이 몇 있긴 한데 확실치가 않아. 복면 쓴 놈들에게 습격을 당해서 호위하던 놈들도 다 죽었거든."

만금성의 성주가 나갔다면 필시 범상치 않은 고수들도 따라붙었을 터, 그런데도 습격을 받고 부상을 당했다는 건 상대도 그만큼 고수라는 뜻이라.

"구현회의 도움이 아니었다면 네 아비도 살아 돌아오지 못했다."

"구현회가 도와주었습니까?"

"그래. 거기 어떤 계집이 도와줘서 살 수 있었다고 하더군."

사평호는 다급하게 말을 이었다.

"그래서 네가 만금성으로 돌아오면 만금성은 아예 문을 걸어 잠그고 너에게 성주의 자리를 승계한다더군. 그게 만금성의 규율이기도 하고 말이야."

진도운은 고개를 끄덕였다. 안 그래도 폐쇄적인 만금성이 문까지 걸어 잠근다면 세상과의 연결고리가 완벽하게 끊어지는 셈이다. 그럼 시나귀를 포함해 주변에 달라붙는 자들을 걱정할 필요가 없었다.

"네 아비가 죽기 전에 꼭 네 얼굴 한 번 봤으면 싶다는 구나."

"그래서 이리 직접 찾아온 겁니까?"

"나뿐만 아니라 만금성 전체가 난리가 났다. 너 하나 찾겠다고 중원 전역에 서찰을 뿌려대질 않나……."

만금성의 성주가 이미 죽은 백우결을 찾고 있다니 괜히 기분이 꺼림칙했다. 하지만 저런 사정을 듣고도 만금성으로 돌아가지 않는다면 괜한 의심만 살 것이다. 그리고 무엇보다 몸 안에 갇혀 있는 내공이 필요했다. 지금 몸 안에 굳어있는 이 내공만 자유자재로 쓸 수 있다면…….

'송표기가 계획했던 대로 혁련꿩마저 뛰어넘을 수 있을 것이다.'

그럼 다시는 오늘과 같은 일을, 그리고 다시는 절강성에서 있었던 일을 겪지 않아도 됐다. 설사 만금성에서 무슨일이 생겨도 신표혈리술만 있다면 제 한 몸 빠져나올 자신이 있었다.

"알겠습니다. 만금성으로 돌아가겠습니다."

그 말에 사평호가 잘 됐다며 껄껄 웃었다. 그리고 멀리 떨어져 있는 단유휘를 향해 손을 흔들었다.

"저기에 마차를 대기시켜놨다. 저 친구와 얘기 끝나면
바로 만금성으로 가자구나."

사평호는 다시 자신이 왔던 곳으로 되돌아갔고 단유휘는
이곳으로 천천히 걸어왔다. 그에 진도운도 단유휘를 향해
걸어갔다. 그리고 중간 지점에서 서로 마주보고 섰다.

"가서 다시는 돌아오지 마십시오."

단유휘는 진도운에게 묻고 싶은 게 많았지만 꾹 참았다.
진도운에게 시간이 없었기 때문이다. 여기서 이러고 있다
가 누군가의 눈에 띄기라도 한다면 이 모든 일이 물거품이
되는 것이다.

"이렇게까지 하는 이유가 무엇이냐?"

"한때 친구였던 사람에게 베푸는 마지막 우정입니다."

단유휘는 그 말만 남기고 다시 걸음을 움직여 진도운을
스쳐지나갔다. 그리고 그가 옆을 지나갈 때 진도운은 가슴
이 쓰라려오는 걸 느꼈다.

'저 녀석만 보면 내 몸이 내 몸이 아닌 것처럼 아프다.'

진도운은 씁쓸히 눈을 감고 사평호가 향했던 곳으로 걸
음을 움직였다.

사평호는 장사 밖 사람이 없는 곳에 육두마차를 대기시
켜 놓았다. 그런데 그 마차 주변에는 온몸을 검은색 천으로
돌돌 말은 수십 명의 사내들이 살벌한 기세를 풍기며 서있

었다.

'예사로운 기운이 아니군.'

진도운은 잠시 멈칫 서며 그 사내들을 훑어봤다.

"뭐해? 어서 타지 않고."

마차에 달린 창문 밖으로 고개를 내민 사평호는 진도운이 주변에 있는 사내들을 신경 쓰는 걸 보고 습관처럼 껄껄 웃었다.

"이제 무공 좀 배웠다고 기 좀 읽나보네. 다 너를 지키기 위해 온 거다. 또 네 아비처럼 습격을 당할지도 모르니."

"아버님이 습격을 당할 땐 저들이 없었습니까?"

"있었지."

"그럼 왜……."

"그때는 내가 없었잖아."

노인의 말에는 상당한 자부심이 실려 있었다. 그에 진도운은 고개를 절레절레 흔들며 마차에 올라탔다. 그러자 마부석에 앉은 중년인이 채찍을 휘두르며 여섯 마리의 말들을 재촉했다. 이히힝, 거리는 말의 울음소리와 함께 육두마차는 빠른 속도로 그곳을 벗어났다. 그리고 그 육두마차 뒤로 검은 천을 둘러싼 사내들이 바짝 붙으며 사방을 경계하고 있었다.

天淚鬼王

7장. 만귀성

7장.

만금성

　봉우리 몇 개 있는 작은 산과 갈대로 뒤덮인 평야가 만나
는 지점에 만금성이 있었다. 만금성은 햇살이 비칠 때마다
반들거리는 성벽과 끝없이 치솟은 건물들로 이루어져 있었
고 양옆에 있는 산과 평야에 반반씩 걸쳐 있었다. 그리고
만금성 주변에 탑처럼 솟아있는 망루들이 골고루 퍼져있었
다. 그 망루들은 주변을 경계하며 사람들이 그 부근으로 들
어오지 못하도록 감시하고 있었다.

　그 망루들이 지켜보는 평야에 육두마차 한 대가 나타났
다. 그 육두마차는 단숨에 평야를 가로질러 만금성으로 향
했다. 하지만 망루에서 누구 하나 제지하는 이가 없었다.
그 마차 뒤에 따라붙은 수십 명의 흑의인들을 보고 그 마차가 만금성의 것이란 걸 알아봤기 때문이다.

마차는 만금성 안으로 들어오고 나서도 한참을 달렸다. 그리고 그동안 진도운은 마차 안에서 덤덤한 표정으로 마차 밖 풍경을 훑어봤다. 그의 표정과 달리 그의 속마음은 놀람의 연속이었다.

'그새 또 변했군.'

사방에 깔려 있는 건물에 어찌나 금과 보석이 많이 박혀 있는지 눈을 돌리는 곳마다 눈이 부셔서 눈을 뜰 수가 없었다. 자신이 예전에 송표기를 따라 왔을 때보다 더 화려해진 것 같았다. 그리고 마차가 멈춘 곳에선 화려함이 절정에 달한 전각 한 채가 우두커니 서있었다.

그 전각은 목이 아플 만큼 고개를 들어야 그 끝을 볼 수 있었다. 그리고 전각의 벽은 하얗고 지붕이나 벽에 박혀 있는 수많은 조각상들은 황금으로 만들어진 것도 모자라 오색찬란한 보석들까지 달고 있었다.

마차 밖으로 나온 진도운은 사평호를 따라 그 전각 안으로 들어갔다. 밖에서 보던 것처럼 전각 안도 넓었다. 그리고 그 넓은 건물 안을 가득 채울 만큼 어마어마한 인파가 몰려있었는데, 그들은 진도운을 보자마자 놀란 기색을 감추지 못하고 눈을 휘둥그렇게 떴다. 예전에 자신들이 봐왔던 뚱뚱한 모습과는 다른 모습이었기 때문이었다. 하지만 그들은 이내 정신을 차리고 일제히 허리를 숙였다.

"소성주님을 뵙습니다."

하나로 합쳐진 그들의 목소리가 건물 안을 쩌렁쩌렁 울렸다.

"올라가자구나."

하지만 사평호는 별 일 아니라는 듯 진도운의 어깨를 치며 위층으로 올라갔다. 진도운 역시 그처럼 별 다른 내색을 하지 않고 계단을 밟았다.

층마다 사람들로 북적거렸고 그들은 모두 진도운을 볼 때마다 정중하게 허리를 숙였다. 그리고 5층에 들어서고 나서야 사람들의 수가 확 줄었다. 그들 역시 진도운을 보고 그의 달라진 모습에 멈칫거리더니, 이내 공손히 허리를 접었다. 하지만 진도운은 아래층에서 그랬던 것처럼 그들의 인사를 목 한 번 끄덕이는 것으로 받아넘겼다.

"안으로 들어가 보아라."

사평호가 복도 끝에 있는 커다란 방문을 가리키며 말했다. 그에 진도운은 망설이지 않고 안으로 들어갔다. 그를 따라 5층에 있던 사람들도 같이 들어가려하자 사평호가 그 앞을 막았다.

"오랜만에 부자가 상봉하는데 방해하려고?"

"……."

결국 5층에 있던 사람들은 안으로 들어가지 못하고 문 앞에서 서성거렸다.

방 안에도 금빛 찬란한 물건들이 가득했지만, 그보다 방

한 가운데에 있는 고요한 침상이 눈에 들어왔다. 그 침상 위엔 눈 밑과 입술이 보랏빛으로 죽어있고 피부가 창백하게 질려있는 중년인이 누워있었다. 그는 연신 눈을 감았다 뜨며 희미한 숨소리만 내고 있었다. 그가 바로 만금성의 성주인 백성수였다. 그동안 얼마나 고생을 했는지 백우결의 기억 속에 남아있는 백성수와는 차이가 있었다. 마치 노인이라도 된 것처럼 폭삭 늙어보였다.

'습격을 당했다더니……'

얼굴에서부터 음습한 기운이 남아있는 것이 범상치 않은 무공에 당한 것이 틀림없었다.

"누구 왔느냐?"

그가 힘겹게 말했다. 그리고 그는 고개를 돌릴 힘도 없다는 듯 천장만 바라봤다.

"아버님."

진도운이 입을 열며 가까이 다가갔다.

"정녕 우결이더냐?"

백성수는 침상 바로 옆에 선 진도운을 향해 천천히 고개를 돌렸다.

"예, 아버님."

"살이 많이 빠졌구나."

백성수가 힘없이 떨고 있는 손을 내밀어 진도운의 얼굴을 만졌다. 그리곤 한참을 만지작거렸다. 지금 그는 시야가 흐릿해서 진도운의 얼굴이 잘 보이지 않았다. 그럼에도 마치 보이는 것처럼 진도운의 얼굴을 만졌다.

"못 본 사이에 많이 변했구나. 그동안 무슨 일이 있던 것이냐?"

"그동안······."

진도운이 입을 뗀 순간 백성수의 눈이 감기며 진도운의 얼굴을 만지던 그의 손도 뚝 떨어졌다. 하지만 숨소리가 희미하게 남아있는 걸로 보아 잠깐 정신만 잃은 듯 했다. 백성수는 이내 눈꺼풀을 파르르 떨며 다시 눈을 떴다.

"그래. 그동안 고생이 많았겠구나."

그는 진도운이 말을 한 걸로 착각하고 있었다.

"예."

진도운은 별 말을 하지 않았다.

"다행이다. 다행이야. 네가 이렇게 무사히 살아있어서."

"······."

"네가 그렇게 도망가고 나서 내 얼마나 걱정한 줄 아느냐?"

백성수의 눈빛이 흔들렸다. 다시 정신을 잃으려는 듯 보였다.

"아니지. 아니야. 오랜만에 내 아들이 왔는데, 이렇게 눈을 감으면 안 되지."

백성수는 손을 뻗어 진도운의 손을 꼭 잡았다.

"넌 늘 손이 따뜻했지. 네 어머니를 닮아 늘 따뜻했어."

"그렇습니까?"

"그랬지. 네가 아기였을 때 지금처럼 손을 꼭 붙잡고 있으면 솜이불을 두른 것처럼 따스했어."

백성수는 있는 힘을 쥐어짜내 진도운의 손을 꽉 잡았다.

"이제 됐다. 됐어. 이 손을 잡아봤으니……."

진도운은 자신의 손을 잡고 있는 백성수의 손이 느슨해지는 걸 느꼈다. 그리고 그의 눈빛도 서서히 죽어가는 걸 느꼈다. 그는 마지막 염원을 이루었다는 듯 편안한 미소를 지었다.

"이렇게 널 그리워할 거면서, 왜 그동안 너에게 그렇게 모질게 굴었는지 모르겠구나."

백성수의 얼굴에 후회하는 기색이 묻어나왔다. 그건 백우결의 기억 속에서 볼 수 없었던 표정이었다.

"어머니는 어디 계십니까?"

진도운은 백성수가 자신의 손을 잡으며 어머니를 닮았다는 말을 한 걸 떠올리며 말했다. 지금 그녀의 부군이 죽어가고 있는데도 눈에 띄지 않아서 찾은 것이다.

"어……."

백성수는 다 죽어가는 목소리로 말하다 말고 돌연 눈을 치떴다.

"무슨 소리를 하는 게냐?"

"……."

"네 어머니는 이미……."

그동안 백우결에 대해 알려진 게 없듯이 백성수의 부인

에 대해 알려진 것 또한 없었다. 그래서 벌어진 실수였다. 하지만 그는 당황하지 않고 차분하게 내공을 퍼트려 목소리가 퍼져 나가지 못하도록 막았다.

"너, 너……."

백성수의 눈에 순간적으로 활기가 돌았다. 죽기 전에 찾아온다는 회광반조였다. 그는 일시적으로나마 되살아난 눈으로 진도운의 눈동자를 뚫어져라 쳐다봤다.

"너는 누구냐?"

백성수는 진도운의 눈빛을 보고 고개를 절레절레 흔들었다.

"너, 넌……. 내 아들이 아니다."

백성수는 부들부들 떨고 있는 손을 뻗어 진도운의 볼 살을 잡았다.

"왜 내 아들의 얼굴을 하고 있는 것이냐?"

"……."

진도운은 아무런 말도 없이 그를 내려다보고 있었다.

"내 아들은……. 내 아들은 어떻게……."

진도운의 얼굴을 부여잡은 백성수의 손이 뚝 떨어지고 그의 눈빛이 완전히 빛을 잃었다. 그리고 희미하던 숨소리마저 끊겼다.

"……."

진도운은 잠시 건조한 눈빛으로 그를 내려다봤다. 그리고 침상 밖으로 튀어나온 그의 팔을 다시 침상 안으로 넣으며 조용히 눈을 감았다. 그리고 소리가 빠져나가지 못하도록 퍼트려놓은 내공을 모두 거둬들였다.

"아버지!"

그가 눈을 뜨며 처절하게 울부짖는 목소리로 외쳤다. 하지만 백성수를 내려다보는 그의 눈빛은 메말라있었다.

진도운의 울음소리가 밖으로 흘러나오자 방 밖에서 기다리던 사람들이 무릎을 꿇으며 부복했다. 그들 역시 비통한 울음소리를 내며 눈물을 흘렸다. 그들이 내는 울음소리가 아래층으로 퍼지고 그 아래층에 있는 사람들도 똑같이 부복을 하며 눈물을 흘렸다. 그렇게 순식간에 전각을 가득 채운 울음소리는 전각 밖으로 파져나가 금세 만금성 전체를 뒤덮었다. 하지만 그 속에서 진도운은 혼자 무심하게 백성수의 시신을 내려다보고 있었다. 이제 사방에서 울음소리가 들리니 그는 더 이상 우는 척도 하지 않았다. 그저 조용히 백성수를 내려다보다가 부릅뜨고 있는 그의 눈꺼풀을 내려주었다.

‡

백성수의 장례식이 치러지는 동안 진도운은 백성수의 시신이 안치된 관 앞에서 떠나질 않았다. 그리고 그는 간간히 슬퍼하는 모습을 보이는 등 아들로서 보여야 할 모습을 하나씩 내비쳤다.

그러던 어느 날이었다. 장례식이 끝나갈 무렵 밤늦게 사평호가 찾아왔다. 그는 장례식 내내 모습이 안 보이다가 끝날 때가 되서야 어기적어기적 나타났다. 그리고 그는 진도운 옆에 털썩 앉으며 백성수의 시신이 안치된 관을 뚫어져라 쳐다봤다. 그렇게 그는 말없이 바라보기만 했다.

진도운은 슬쩍 곁눈질을 해서 그의 얼굴을 훑었다. 그의 얼굴에는 복잡미묘한 감정이 묻어나왔다.

"이보게. 소성주."

사평호가 관을 계속 쳐다보며 말했다.

"예, 어르신."

"오랜만에 만금성으로 돌아오니 어떤가?"

"아직 실감이 나지 않습니다."

"그럴 테지. 그렇게 오랜만에 왔는데 제집 같을 리 없겠지."

"제가 있을 때보다 건물들이 더 화려해졌더군요."

진도운은 자신이 예전에 송표기와 같이 왔을 때를 떠올리며 말했다. 어차피 그때와 달라진 건 마찬가지였으니까 말이다.

"달라진 게 그것뿐인 것 같나?"

"달라진 게 한두 가지겠습니까? 지금 상중에 있으니 신경을 쓰지 않는 것뿐입니다."

그 말에 사평호는 잠시 입을 다물었다. 그리고 한참을 관만 바라보다가 다시 천천히 입을 열었다.

"네 아비가 만금성 밖으로 나가는 건 만금성 내에서도 아는 사람이 별로 없었다. 그런데 네 아비를 습격한 놈들은 그걸 어찌 알고 습격했을까?"

뜬금없는 사평호의 말에 진도운의 고개가 삐거덕 돌아갔다.

"조금 더 자세히 말씀해주시겠습니까?"

"거기서 더 얘기하고 말게 뭐가 있느냐? 본질은 그 안에 다 있는 걸."

"만금성에 아버님을 배신한 자가 있다는 말씀이십니까?"

"껄껄껄. 이놈이 그래도 밖에서 헛돌진 않나보구나."

사평호가 실소를 흘리며 말했다.

"누가 그런 짓을……."

"녀석아. 그건 네가 알아봐야지. 내가 그런 것까지 일일이 다 알려줘야겠느냐?"

진도운의 눈빛이 싸늘하게 식어갔다. 하지만 그의 가슴 속에선 한 줄기 불길이 치솟았다. 불현 듯 지금까지 이용만 당해온 자신의 삶이 떠올랐기 때문이다.

"하지만 아버님은 임종 직전까지 그런 말씀이 없으셨습니다."

그런 일이 있었다면 귀띔이라도 해줬을 터.

하지만 백성수는 그에 대한 어떠한 말도 없었다.

"그래서 내가 해주지 않느냐?"

"아버님이 어르신께 부탁해 놓은 겁니까?"

"그래. 그렇다고 오해는 마라. 네 아비하고 무슨 친구나 그런 관계는 아니었으니까."

실제로 그의 얼굴에 떠오른 표정도 복잡했지만 그렇다고 그 표정이 누군가를 그리워하는 표정은 아니었다.

"네 아비하고 한 거래가 있었는데, 보다시피 네 아비가 약속을 지키지 못할 상황이라 내가 좀 곤란하게 됐어. 그래서 네가 그 거래를 대신 마무리 지어줘야 하는데, 그 전에 네가 죽어버리면 나만 또 헛물 켠 거잖아."

"그럼, 아예 아버님을 배신한 자가 누구인지 말씀해주시죠."

단호한 그의 목소리에 사평호는 의외라는 듯 눈썹을 들썩였다.

"확실히 못 보던 사이에 대담해졌어. 예전 같았으면 이 얘기를 듣자마자 꼬랑지를 내리고 도망가기 바빴을 텐데."

"……"

"아니면 누가 우리 아버지를 죽였냐며 울고불고 난리를 쳤던가."

사평호는 껄껄 웃다가 단호한 눈빛을 내비쳤다.

"누구겠냐? 당연히 네 아비가 사라지면 가장 이득을 볼 사람이겠지."

사평호는 으차 소리를 내며 일어섰다. 그리곤 터덜터덜

걸으며 장례식장을 나갔다. 하지만 진도운은 여전히 장례식장에 남아 반듯한 자세로 자리를 지켰다.

장례식이 끝나는 날, 문사 풍에 호리호리한 체격을 지닌 청년이 찾아왔다. 그는 자신을 은립이라 밝히며 앞으로 머물 곳을 알려주겠다며 어디론가 안내했다. 그렇게 그를 따라 간 곳엔 담장으로 사방이 틀어 막혀 있는 전각이 있었다. 그곳 역시 만금성의 다른 건물들처럼 화려하기 그지없었으나 주변을 꽉 막고 있는 담장들 때문에 굉장히 답답해 보였다.

"예전에 소성주님께서 머무시던 곳은 이미 다른 용도로 쓰이고 있는 지라 부득이하게 따로 처소를 마련할 수밖에 없었습니다."

그건 백우결이 오랫동안 만금성에 없었던 만큼 이해할 수 있었다. 하지만 이 건물은 아니었다. 주변에 겹겹이 둘러싸여 있는 담장으로도 부족해 담장 너머로 다른 건물들이 다닥다닥 붙어있었다. 그래서 그 건물을 보는 것만으로도 가슴이 꽉 막히는 것 같았다.

그래도 건물 안으로 들어오자 온갖 화려한 물건들이 사방에 가득했다. 벽을 뒤덮은 수려한 족자들부터, 옥으로 만든 도자기에 표범 가죽을 뒤집어 쓴 의자까지. 밖에서는 어느 것 하나 쉽게 볼 수 없는 것들이 이 안에서는 흔하게 널려 있었다.

"전에 지내시던 곳보다 누추하지만 당분간은 이곳을 사

용하셔야 할 것 같습니다."

은립이 송구스럽다는 듯 허리를 숙이며 말했다. 하지만 그 말을 들은 진도운은 어이가 없다는 듯 피식 웃고 말았다.

'이게 누추하다고?'

끝없이 펼쳐진 복도에 양털이 복슬 거리는 융단이 쭉 깔려 있고 그 양 옆으로는 수많은 문들이 즐비해 있었다. 그리고 복도로 들어서기 전에는 광장처럼 넓은 거실이 존재했다. 그 거실만 해도 구야혈교 교주의 처소보다 두 배는 더 넓었다.

진도운은 집안 내부를 둘러보며 연신 감탄하고 있었다. 그러다 문득 창가 옆에 서게 됐는데 한낮인데도 불구하고 창가로 쏟아지는 햇살이 얼마 없다는 걸 느꼈다. 그래서 창문 앞에 서며 바깥 풍경을 내다봤다.

"……."

들떠있던 진도운의 표정이 빠르게 식었다. 창문 밖에는 담장이 막고 있고 그 뒤에는 뾰족하게 솟아오른 수많은 건물들이 햇빛을 걸러내고 있었다. 그래서 이곳으로 들어오는 햇빛이 현저하게 줄어들어 초저녁처럼 어두웠던 것이다.

'꼭 갇혀 있는 기분이군.'

그때 진도운은 문득 담장 너머로 보이는 건물 위에서 자신을 내려다보는 시선을 느꼈다.

"……!"

소낙비처럼 떨어지는 수많은 시선들이 하나도 새지 않고 모두 자신의 몸에 꽂혔다.

'나를 감시하고 있는 건가?'

아니다. 저들은 자신을 감시하고 있는 게 아니었다. 저들의 시선이 보고 있는 것은 자신이 아니라 백우결이었다.

진도운은 위에서 떨어지는 시선을 모른 척 고개를 돌렸다.

"소성주님?"

그때 옆에서 은립이 물어왔다. 순간, 그의 부드러운 눈빛이 낯설게 느껴졌다. 창문으로 쏟아지는 시선을 느끼고 나서 보니 그도 수상하게 보였기 때문이다.

"2층에도 올라가보시겠습니까?"

"올라가지."

진도운은 아무 일도 없다는 듯 방긋 웃으며 은립을 따라 2층으로 올라갔다.

2층으로 올라온 진도운은 1층에서처럼 집안 구경에 정신을 팔진 않았다. 2층에 있는 방 중에는 옷만으로 가득찬 방도 여러 개 있었지만 그것들마저도 진도운의 관심을 이끌어내지 못했다. 그는 덤덤한 표정으로 집안을 둘러보며 창문 앞을 지날 때마다 담장 너머로 솟아있는 건물들을 싹 훑었다. 어김없이 그 건물들에서 자신을 바라보는 시선들이

36

느껴졌다. 그래서 진도운은 창문에서 떨어져 거실 안쪽에 있는 의자에 앉았다.

'백우결은 이곳의 소성주가 아니던가? 그런데도 이렇게 살벌하게 감시를 하고 있다는 건……'

누군가 환영하고 있지 않다는 뜻이다. 그 자가 누군지 몰라도 이렇게 백성수가 죽자마자 움직이는 걸 보면 아마도 오랫동안 칼을 갈고 있었을 게 분명했다.

"마음에 드십니까?"

은립이 다가와 정중하게 물었다.

"마음에 들지 않는다고 한다면 처소를 바꿔줄 건가?"

"지금 남는 건물이 이곳밖에 없어서……."

은립이 곤란하다는 듯 말했다.

"저 밖에 널리고 널린 건물 중에서 하필이면 남는 건물이 이곳밖에 없다니."

은립의 눈빛이 파르르 떨렸다. 진도운의 말투에서 말 못할 위화감이 풍겼기 때문이다.

'장례식장에 돌던 소문이 거짓이 아니었군.'

진도운이 장례식장에서 차분하게 자리를 지키는 걸 보고 만금성에 백우결이 달라졌다는 소문이 돌았다. 어떤 이들은 아들인 백우결이 자리를 지키는 걸 당연하다고 여겼지만 그를 알고 있는 사람들은 다르게 생각했다.

'사모님이 돌아가셨을 때는 술에 취해서 난동을 부렸었는데……'

그의 어머니의 장례식 때는 볼꼴 못 볼 꼴 다 봤다. 장례식 첫날부터 어디 갔는지 보이지 않다가 술에 잔뜩 취해서 나타나 만인이 보는 앞에서 어머니를 살려내라며 울고불고 떼를 썼다.

그런데 이번에는 차분하게 무릎을 꿇고 장례식이 끝날 때까지 자리를 지켰다. 그리고 고집스럽게 말을 높이던 버릇도 사라지고 이제는 자연스럽게 하대를 하고 다녔다. 그러니 만금성에 소문이 퍼지는 것은 당연했다.

"앞으로 이곳에서 후계자 수업이 끝날 때까지 머무르시면 됩니다."

진도운의 눈썹이 꿈틀거렸다.

"후계자 수업이라고?"

"장로원에서 지금 당장은 소성주님이 성주가 되기에는 무리가 있다는 판단을 내렸습니다. 그래서 소성주님이 먼저 후계자 수업을 받는 걸로 결정이 났습니다."

그 의도는 이해할 수 있었다. 이 거대한 세상을 이끌어가려면 최소한의 소양은 필요하니까. 다만, 그런 결정을 장로원에서 내렸다는 게 마음에 걸렸다.

'성주의 자리가 공석일 땐 장로원에서 대신 결정을 내리는 건가?'

진도운이 불편한 기색을 감추지 못하고 그대로 드러냈다. 그러자 은립이 쓰게 웃었다.

"그동안 소성주님이 만금성을 떠나있었던 것도 있고 또

예전에 소성주님이 계셨을 때도 만금성이 돌아가는 물정에 일절 관여치 않으셔서 장로원에서 이 같은 결정을 내린 걸로 알고 있습니다."

"후계자 수업이 끝날 때까지 성주의 자리는 비어있는 건가?"

어차피 백우결은 만금성 돌아가는 물정에 대해 모른다고 했으니 진도운은 거리낌 없이 물을 수 있었다.

"그렇습니다."

"그럼, 그동안 성주가 내려야 할 중요한 결정들은 누가 하는 거지?"

"장로원에서 대신 결정을 내립니다."

역시나 은립은 자신이 모르고 있는 걸 당연하게 받아들였고 아무런 의심도 없이 말해주었다. 하지만 그의 대답을 들은 진도운의 눈빛은 무겁게 가라앉았다.

"내가 이 전각에 머무는 것도 장로원의 결정인가?"

"그렇습니다."

진도운은 말없이 피식 웃었다.

'날 이곳에 가둔 게 장로원이란 말이지?'

진도운은 문득 장례식장에서 사평호가 했던 말 중에 성주의 죽음으로 가장 많은 이득을 본 사람이 있을 거란 말을 떠올렸다.

'장로원에 있는 게 틀림없군.'

진도운은 보이지 않게 비릿한 미소를 머금었다.

"내 개인적인 처소 문제까지 장로원에서 신경 써줄 줄은
몰랐는데."

"아무래도 소성주님 일이다보니 장로원에서 발 벗고 나
서는 게 아닌가 싶습니다. 그리고 장로원에 대한 얘기가 나
온 김에 마저 장로원에 대해 말씀을 드리겠습니다."

만금성에 장로들은 총 8명이 있었다. 그 8명은 만금성의
재산이 들어있는 24개의 창고를 각각 3개씩 도맡아 관리를
했고 만금성의 일도 세분화해서 각자 하나씩 맡고 있었다.
누구는 만금성의 살림을 책임지고 있고 또 누구는 만금성
의 상단을 관리하는 등 이런 식이었다.

"장로원의 권한이 엄청나군."

"하지만 그런 장로원도 성주의 권한을 넘볼 수 없습니
다."

성주는 언제 어디서나 장로들을 해임하거나 따로 임명할
수 있었다. 그리고 아무리 장로원에서 결정한 정책이라도
성주가 거부한다면 그 즉시 정책은 폐기됐다. 반대로 성주
가 결정을 내리면 장로원은 거부할 수 없었다. 즉, 성주의
권력은 절대적이었다.

"마지막으로 성주만 아는 창고가 있습니다."

성주가 되면 두 개의 열쇠를 받았다. 하나는 장로들이 가
지고 있는 24개의 창고를 모두 사용할 수 있는 열쇠와 다
른 하나는 성주만이 알고 있는 비밀 창고를 열 수 있는 열
쇠였다.

"소문은 무성합니다만 그 안에 뭐가 들어있는 지는 아무도 모릅니다."

그 뒤로도 은립은 만금성에 대한 기본적인 사안을 몇 가지 알려주었다. 만금성이 워낙 크다보니 기본적인 것만 골라내서 말해도 한나절이 넘게 걸렸다.

"소성주님이 예전에 계실 때에도 이런 기본적인 사항들조차 숙지하지 않았던 걸로 기억합니다. 그래서 이리 다시 한 번 알려드렸습니다."

가만 보니 은립은 조곤조곤 할 말 다 하는 성격 같았다.

"후계자 수업은 계속 이런 식으로 진행되는 건가?"

"앞으로 소성주님의 후계자 수업을 제가 도맡아하는 건 맞지만 이렇게 편하게 진행되진 않을 겁니다."

"이게 편한 건가?"

진도운은 은립의 말을 듣느라 지쳤다는 듯 피곤하다는 기색을 내보였다. 하지만 은립은 그 표정을 본 척도 하지 않았다.

"내일부터는 만금성의 각 부서를 들려 그곳에서 무슨 일을 하고 있는지, 그리고 그 부서에 누가 있는지 일일이 소개해드릴 예정입니다."

노곤해하던 진도운의 표정에 활기가 돋았다. 듣던 중 반가운 소리였다.

'만금성의 사람들과 만금성의 지리를 동시에 알 수 있는 기회다.'

만금성에 대해 알려진 게 없는 만큼 진도운도 만금성에 대해 모르는 것 투성이었다. 그런데 내일 저렇게 돌아다니며 만금성에 대해 알려준다고 하니 얼마나 다행인지 모르겠다.

"그동안 소성주님이 만금성 돌아가는 일에 원체 관심이 없으셔서 처음 보는 사람들도 많을 겁니다. 설사 얼굴은 알아도 그 사람이 어떤 일을 하는지는 모를 겁니다."

진도운은 멋쩍게 웃었다.

"내가 뭐 그렇지."

하지만 그의 얼굴에 떠오른 활기를 본 은립은 속으로 안도의 한숨을 내쉬었다. 그는 사실 진도운이 돌아다니기 귀찮다고 할까봐 걱정했다. 그가 아는 백우결은 돌아다니는 걸 병적으로 싫어했기 때문이다. 백우결이 괜히 살이 찐 게 아니었고 괜히 황제에게 게으른 곰이라고 비난 받은 게 아니었다. 그런데 이 넓은 만금성을 돌아다니는 일을 마다하지 않으니 은립으로서는 다행이라고 생각할 수밖에 없었다.

"첫날은 이 정도로 하고 저는 이만 물러가보겠습니다."

"내일 언제 가는 거지?"

"제가 묘시 전까지 이곳으로 오겠습니다."

은립은 말하고 나서 너무 이른 시간이 아닌가 싶어 다시 말하려는데 진도운이 알겠다는 듯 고개를 끄덕였다. 그래서 은립은 머뭇거리다 말고 목인사를 하며 그 전각을 빠져

나갔다.

그가 나가자마자 진도운의 시선이 창문 밖을 쓸었다. 창문 근처에만 느껴지는 시선들이 여간 거슬리는 게 아니었다. 그래서 그는 머릿속에 떠도는 구야혈교의 일만 무학들 중에서 신표혈리술과 잘 어울릴 법한 은신술 하나를 골랐다. 주변에서 쏟아지는 시선들을 피해 자유롭게 움직이기 위해서였다.

'이게 좋겠군.'

구야혈교에 있는 수많은 은신술 중에서 혁련굉이 직접 창안하고 만든 혈아세인술(血鴉勢人術)을 떠올렸다.

다음 날, 묘시가 되자 은립이 찾아왔다. 그런데 그가 전각의 문에 손을 대기도 전에 문이 먼저 열리는 게 아닌가? 그것도 모자라 정갈하게 옷을 차려입은 진도운이 문 앞에 서있었다. 이제 막 해가 뜨고 있건만 진도운은 벌써 나갈 채비를 끝내놓고 있던 것이다.

"제가 시간을 딱 맞춰서 온 것 같군요."

이제 은립은 놀라지도 않았다. 어느새 그는 백우결이 달라졌다는 소문을 기정사실로 받아들이고 있었다.

"가지."

진도운이 문 밖으로 나서며 말했다. 그러자 은립이 앞장서서 걸음을 움직였다.

　　은립은 진도운을 데리고 만금성 구석구석 돌아다니며 만금성의 사람들을 일일이 소개시켜주었다. 그럼 그때마다 만금성의 사람들은 두 번씩 놀라곤 했다. 한 번은 진도운의 말투에서 놀라고 다른 한 번은 그의 절제된 태도에서 놀랐다. 그들이 기억하는 백우결은 한손에는 술병을 다른 한손에는 여자를 끼고 다녔기 때문이다. 그런데 지금은 만금성을 차분하게 둘러보며 사람들의 말에 귀를 기울였다. 그리고 만약 장례식장에서 살이 빠진 진도운의 모습을 보지 못했다면 사람들은 두 번이 아니라 세 번을 놀랐을 것이다.

　　그렇게 달라진 모습으로 만금성을 돌아다니니 진도운은 단연 최고의 화젯거리로 떠올랐다. 하지만 본인은 만금성을 돌아다니며 사람들의 얼굴을 익히고 지리를 숙지하는데 온 신경을 쏟아 붓고 있어서 소문 따위 귀에 들어올 리 없었다.

　　진도운은 매일 같이 묘시에 나갔다가 밤이 깊어지면 처소로 돌아왔다. 그는 하루를 꽉 채워가며 만금성에 대해 알아가고 있었다.

　　진도운은 그 다음날에도 어김없이 밤이 돼서야 처소로 돌아왔다. 그리고 그는 안으로 들어오자마자 1층 거실에 퍼질러 앉아있는 사평호를 보고 피식 웃었다.

"제가 집을 잘못 찾아온 줄 알았습니다."

"네가 올 때까지 밖에서 기다리려고 했는데, 사방에서 쳐다보는 놈들이 있어서 말이야. 그놈들 시선 때문에 낯간 지러워서 먼저 들어와 있었네."

"잘 하셨습니다."

"저것들을 감시자라고 세워 놓은 거 보면 자네를 얼마나 우습게 보는 건지 알 수 있지."

진도운은 짐짓 미소를 지었다.

"장로원에서 저를 감시하는 이유를 아십니까?"

"장로원이 아닐세. 한 명의 장로가 저렇게 감시를 붙여 놓은 거지."

"그게 누굽니까?"

"최기산 장로라네."

진도운은 처음 듣는 이름이었지만 아는 척 고개를 끄덕 였다.

"자네는 별로 놀라지 않는 눈치군."

"누구라도 이상할 건 없습니다. 애초에 사람 마음속은 아무도 모르는 법이니까요."

"껄껄! 이놈이 이제는 산전수전 다 겪은 노인처럼 말하 네."

진도운은 피식 웃었다.

"최기산 장로가 아버님을 배신한 겁니까?"

"그럼 재밌을 것 같지 않냐? 네 아비 앞에선 한 마디도

 45

제대로 못하던 놈이 네 아비 등에 칼을 꽂다니."

"그동안 송곳니를 숨기고 때만 기다리던 걸 수도 있죠."

그 말에 사평호가 한 바탕 시원하게 웃어재꼈다.

"자네 밖에서 무슨 짓을 하고 다녔길래 그리 냉소적으로 변한 건가?"

진도운은 그 말을 못 들은 척 화제를 돌렸다.

"밤늦게 어쩐 일로 찾아오신 겁니까?"

"어쩐 일이긴. 네 몸에 굳어있는 내공을 풀어주러 왔지."

진도운의 눈썹이 꿈틀거렸다.

"제가 뭘 하면 되는 겁니까?"

"상의를 벗고 내 앞에 누우면 된다."

그 말에 진도운은 곧바로 상의를 벗고 그의 앞에 반듯하게 누웠다.

"이놈이 예전에는 내가 침 한 번 놓으려고 하면 아주 발악을 하더니만, 이제는 따지지도 않고 누워버리네."

사평호가 껄껄 웃으며 품속에서 건조하게 말린 대나무 통을 꺼냈다. 그리고 그 통 안에서 기다란 침 하나를 꺼냈다.

"이제 이걸 네 아랫배에 꽂을 거다."

"그럼 단전이 위험한 거 아닙니까?"

"겁먹기는."

사평호는 침을 세워 정확히 진도운의 배꼽 아래에 있는 석문혈에 꽂았다. 그러자 진도운은 그 침이 단전을 깊숙이 찌르고 들어오는 느낌을 받았다. 그런데 그 느낌을 받자마자 단전 안에 꽉 뭉쳐 있던 내공이 격하게 꿈틀거리기 시작했다. 그건 시작일 뿐이었다.

사평호는 아예 침통을 새로 꺼내놓고 진도운의 온몸에 침을 놓기 시작했다. 그런데 그는 자신의 몸에 꽂히는 침이 늘어날 때마다 몸이 편안해지는 걸 느꼈다. 그리고 단전에서 꿈틀거리기 시작한 내공이 단전 밖으로 흘러나와 경락을 타고 온몸을 돌기 시작했다.

그렇게 단전에서 잔잔하게 흘러나오는 내공의 양이 갈수록 늘어나더니 어느덧 범람한 강물처럼 콸콸 쏟아져 나왔다. 그런데 아무리 시간이 지나도 단전에서 나오는 내공의 양은 줄지 않았다. 마치 바다처럼 끝없이 쏟아져 나왔다.

'엄청나군.'

몸 전체에서 활력이 돌아나며 모든 감각이 확장되었다. 그리고 이전과는 비교할 수 없는 어마어마한 내공이 몸 안에 차올랐다.

"오늘은 이만하면 됐다."

사평호가 돌연 진도운의 몸에서 침을 뽑았다. 그 침이 하나 둘 씩 빠지더니 단전에서 폭포수처럼 쏟아지던 내공의 양도 점점 줄어들었다.

"벌써 끝났습니까?"

진도운이 상체를 일으키며 말했다.

"한 번에 많이 먹으면 탈나는 거 모르냐?"

그 말에 진도운은 표 나게 아쉬운 표정을 내비쳤다.

"앞으로 얼마동안 더 해야 합니까?"

"글쎄다. 생각보다 네가 몸을 잘 다뤄놔서 그렇게 오래 걸릴 것 같진 않은데……."

그 말에 진도운은 차분하게 자신의 몸을 관조하는가 싶더니 이내 눈을 둥그렇게 떴다. 내공이 이전과는 비교할 수 없을 만큼 부쩍 늘어난 걸 느꼈기 때문이다.

"이 정도면 며칠 걸리지도 않을 것 같습니다만."

그 말에 사평호가 혀를 찼다.

"쯧쯧. 이놈아. 지금 내공이 얼마나 늘어났든, 그건 앞으로 네가 얻을 내공에 비하면 얼마 되지도 않는 거다."

"제 단전 안에 얼마큼의 내공이 들어있는 겁니까?"

"나도 모른다."

"예?"

"내가 한 번 말한 적 있지 않느냐? 무한의 내공을 얻을 거라고."

진도운은 백우결의 기억 속에서 사평호가 한 말을 떠올렸다.

'그게 그냥 한 말이 아니었군.'

진도운은 놀란 기색을 감추지 못하고 상의를 챙겨 입었다.

"앞으로 매일 밤 찾아오마. 원래 이틀에 한 번씩 침을 놔야 하는데, 네 몸 상태 봐서는 하루에 한 번씩 침을 놔도 버틸 것 같다."

"예."

진도운은 상의에 달려 있는 끈을 묶으며 말했다.

"난 일 다 봤으니 이만 가보마."

사평호는 일어서서 나가다 말고 다시 돌아섰다.

"아, 그리고 내일 흑객(黑客)들을 보내마."

"흑객들이요?"

"너 데리러 갈 때 내가 주렁주렁 달고 간 놈들 있잖아."

그제야 진도운이 알겠다는 듯 고개를 끄덕였다.

"아. 그 자들이요."

"네 아비가 부탁했던 건데, 이젠 네 아비가 없으니 너에
게 줘야지."

"아버님이 정확히 뭘 부탁한 겁니까?"

백우결이 없었을 때 일어난 일이라고 하니 진도운은 당
당히 물었다.

"만금성 놈들 중에서 싹수가 보이는 놈들을 뽑아 몸을
만들어 주라는 게 네 아비의 부탁이었다. 너도 알다시피 네
아비가 만금성을 문파로 바꾸려고 하지 않았느냐?"

"흑객은 그 초석이로군요."

"그래. 네 놈처럼 거하게 몸을 만들진 못해도 제법 쓸 만
하게 바꿔 놨다."

"알겠습니다. 내일 보내주십시오."

그 말에 사평호는 다시 바깥으로 걸음을 움직였다.

진도운은 항상 묘시가 될 때쯤이면 자연스럽게 눈을 떴다. 하지만 오늘은 처소로 다가오는 수많은 기척들을 감지한 게 더 컸다. 바짝 날 선 기세를 지니고 소리 없는 걸음으로 다가오는 자들, 진도운은 이미 그 특유의 기척을 느낀 적이 있었다.

'왔군.'

하지만 진도운은 서두르지 않고 차분하게 씻고 나서 옷까지 갈아입은 뒤에야 밖으로 나왔다. 그리고 전각 앞에 빼곡히 모여있는 수백 명의 사람들을 보았다. 그들은 모두 검은 천을 돌돌 말아 몸을 감췄고 검은 방갓을 푹 눌러 써서 얼굴을 감췄다. 그들이 바로 사평호가 보낸다는 흑객들이었다.

"소성주님을 뵙습니다!"

한 사람이 앞서 나오며 한쪽 무릎을 꿇고 고개까지 숙이며 말했다. 그러자 덩달아 그의 뒤에 있는 수백 명의 흑객들도 똑같이 한쪽 무릎을 꿇으며 고개를 숙였다. 하지만 그들은 말하지 않았다. 마치 그렇게 훈련된 것처럼 보였다.

진도운은 그들을 바라보다가 이내 고개를 돌려 처소의 지붕을 올려다봤다.

"이들만 보내는 줄 알았는데, 어르신도 오셨습니까?"

그 말에 지붕 위에 앉아있는 사평호가 씨익 웃었다.

"이놈이 이젠 내 기척도 다 읽네."

"거기서 뭐하고 계시는 겁니까?"

사평호가 지붕 위를 주르륵 미끄러지며 진도운의 옆으로 떨어졌다.

"뭐하긴. 내 새끼들 걱정이 돼서 와봤지. 왠지 네 놈이 함부로 쓰고 다닐 것 같은 느낌이 들어서 말이야."

"그렇게 감성적이신 분인 줄 몰랐습니다."

"이놈아. 그동안 내가 저것들을 만드느라 얼마나 고생을 했는데, 네가 망가트리면 내 속이 멀쩡하겠냐?"

진도운은 피식 웃으며 흑객들을 둘러봤다.

"총 몇 명입니까?"

"327명이다."

진도운은 아직도 한쪽 무릎을 꿇고 앉아있는 흑객들을 빤히 쳐다봤다.

"이들의 충성심은 어떻습니까?"

"껄껄. 네가 죽으라고 명령을 내리면 그 자리에서 자결할 놈들이지."

"정신까지 개조시킨 겁니까?"

"그럴 리가 있나? 처음부터 충성심 좋은 놈들로만 추려 놔서 그렇지. 그리고 이놈들이 아니더라도 만금성 놈들은 원래 충성심이 뛰어나."

"그렇게 충성심이 뛰어난 놈들 사이에서 저를 감시하는 자들이 나타날 줄은 몰랐습니다."

"언제나 물을 흐리는 미꾸라지는 있는 법이지."

그 말에 진도운은 씩 웃었다.

"일어나라."

그 말에 흑객들이 일제히 몸을 일으켰다.

"지금 이 주변에서 나를 감시하고 있는 것들을 모조리 잡아들여라."

그 말에 흑객들이 절도 있게 고개를 숙이더니 날렵하게 몸을 날려 사방팔방 흩어졌다. 그들은 순식간에 담장을 넘어 감시자들이 있는 건물들로 들어갔다.

"지금 뭐하는 겐가?"

껄껄 웃던 사평호의 얼굴에 얼떨떨한 표정이 떠올랐다.

"저들의 충성심을 시험하고 있습니다."

"……."

사평호는 입을 꾹 닫고 한 발 뒤로 물러나서 지켜봤다.

흑객들은 금세 다시 진도운의 앞에 질서정연하게 모였다. 그리고 그들의 앞에는 점혈까지 당해서 꿈쩍도 못하는 수십 명의 감시자들이 모여 있었다. 그들은 땅바닥에 뒤엉켜서 잔뜩 위축된 자세로 누워있었다. 갑작스럽게 들이닥친 흑객들에게 겁을 먹은 것이다.

"저들을 들어라."

그 말에 흑객들이 나와 감시자들을 한 명씩 어깨에 들쳐메고 제 자리로 돌아갔다.

"가자."

진도운이 앞서 걸음을 움직이자 흑객들이 좌우로 퍼지며 중간에 길을 터주었다. 그리고 그들은 진도운의 뒤를 따라 질서정연하게 걸음을 움직였다.

사평호는 호기심 가득한 눈으로 진도운의 뒷모습을 보고 있었다. 그리고 얼마 지나지 않아 은립이 진도운의 처소 앞으로 도착했다.

"어, 어르신?"

"껄껄. 넌 오늘 재밌는 구경 다 놓쳤다."

"그게 무슨 소리입니까? 그리고 소성주님은 어디 가셨습니까?"

은립은 텅 비어있는 처소 안을 들여다보며 말했다.

진도운은 걸음을 멈추며 눈앞에 웅장하게 뻗어있는 거대한 전각을 보았다. 그 전각의 문 양 옆에 붉은 기둥이 하나씩 붙어있고 그 붉은 기둥 위에는 장로원이라 적힌 현판이 달려 있었다.

장로원 안으로 들어서자 매끈한 대리석 바닥에 나무 무늬가 생생하게 살아있는 원목 가구들이 나타났다. 그 중에서도 장로원 한 가운데에 놓여 있는 기다란 탁자가 눈에 띄었다. 그 탁자에 이른 아침부터 8명의 노인들이 앉아있었기 때문이다.

"소성주께서 여긴 어쩐 일이오?"

고목나무처럼 피부가 메말라있는 노인이 나서며 말했다.

진도운은 그의 얼굴을 장례식장에서 한 번 본 적이 있었다. 그리고 다른 얼굴들도 장례식장에서 봤었다. 딱 한 사람을 제외하고는…….

"최 장로."

진도운은 그 노인을 바라보며 말했다.

"예, 소성주."

역시, 그가 최기산이었다.

"최 장로에게 할 말이 있습니다."

"소성주께서 이렇게 갑자기 들이닥친 것도 당혹스러울진데, 하필이면 저를 찾으시니 더욱 당황스럽구려."

그는 표정 하나 변하지 않는 얼굴로 말했다.

그때, 흑객들이 감시자들을 잡아 붙든 채 안으로 들어와 감시자들을 내동댕이쳤다. 그러자 감시자들이 장로원 바닥에서 뒹굴었다.

"최 장로가 저에게 감시자들을 붙여놨습니다."

그 말에 다른 장로들의 고개가 최기산을 향해 휙 돌아갔다.

"그게 정말이오?"

"소성주께 감시자들을 붙여놨단 말이오?"

"어찌 그런 짓을……."

장로들이 캐묻고 타박하는 말속에서 최기산은 방긋 웃었다.

"뭔가 오해가 있었던 것 같습니다. 저는 성주님을 안타깝게 보내고 나서 소성주님이 걱정 되는 마음에 몰래 호위 무사들을 붙여놨던 것뿐입니다."

그는 발뺌하지 않고 당당하게 말했다. 그러자 장로들의 얼굴에 믿는 듯 안 믿는 듯 오묘한 표정이 떠올랐다.

"그렇습니까? 제가 최 장로의 깊은 맘을 헤아리지 못했습니다."

"괜찮습니다. 서로 간에 오해가 있다면 푸는 게 좋겠지요."

"이해해 주셔서 다행입니다. 그럼 이들은 최 장로의 성의를 봐서라도 제가 다시 데려가겠습니다."

최기산이 앞으로 나서며 손을 저었다.

"아니오. 보아하니 흑객들도 물려받으신 거 같은데, 그들은 내가 다시 데려가리다."

진도운이 피식 웃으며 고개를 돌렸다.

"그 자들을 최 장로의 처소로 데려다 주어라."

그 한 마디에 흑객들이 다시 감시자들을 짊어지고 밖으로 나갔다.

"흑객들이 소성주에게 가있는지 몰랐소."

"오늘 이어받았습니다."

"축하하오. 그런데……."

최기산이 말끝을 흐리며 진도운의 앞에 섰다.

"이렇게 아무런 기별도 없이 장로원에 들어오는 건 예의가 아니지 않습니까? 아무리 그래도 여긴 장로원입니다.

만금성의 대소사를 결정하는 중요한 곳입니다."

진도운은 가만히 그 말을 듣기만 했다.

"그런데 이곳에 소성주처럼 앞뒤 구분 못하고 함부로 날뛰는 사람이 들어오면 어떻겠습니까?"

"……."

"소성주야 그동안 술 퍼마시고 여자에 환장해서 노닥거리느라 모르겠지만 우리는 이곳에서 만금성을 위해 일해온 만큼 이곳이 얼마나 중요한 자리인지 알고 있습니다. 그러니 소성주께서도 기본적인 예의를 지켜주시기는 바랍니다."

"……."

"만금성이 싫다고 도망갔으면 최소한 지금은 염치라도 있게 행동해야 하지 않겠습니까? 도대체 소성주가 무슨 낯짝으로 이리 경솔하게 행동하는지 모르겠습니다."

"최 장로. 그만하시오."

건장한 풍채에 꼿꼿한 인상을 가진 노인이 나서며 말했다.

"말씀이 지나치시오. 최 장로."

"방금 오해가 있지 않았소? 그런데도 그리 말을 할 건 또 뭐요?"

다른 몇몇 장로들도 한 마디씩 내뱉었다.

"다음부터는 여기가 장로원이라는 걸 잊지 마시고 부디 예의를 갖춰주시기 바랍니다."

하지만 최기산은 다른 장로들의 말을 무시한 채 꼴도 보기 싫다는 듯 휙 돌아섰다. 하지만 진도운은 방긋 웃으며 돌아서서 아무 말도 없이 밖으로 나갔다.

⚏

최기산은 장로원에서 아침 회의를 마치자마자 자신의 처소로 달려갔다. 장로원에서 얼마 떨어지지 않은 곳에 대궐처럼 담장으로 둘러싸여 있는 거대한 전각이 바로 그의 처소였다.

그는 빠른 걸음으로 담장 안으로 들어갔다.

"이 한심한 것들……."

그는 담장 안으로 들어오자마자 앞마당에 모여 있는 감시자들을 노려보며 말했다.

"그놈 한 명 감시하라는 걸 들켜서 나를 망신을 줘?"

그는 감시자들이 뭉쳐있는 곳으로 다가갔다. 그리고 그들을 향해 발길질을 하려고 발을 든 순간, 감시자들에게서 이상한 낌새를 느꼈다.

"뭐, 뭐지?"

그는 화들짝 놀라며 뒤로 허겁지겁 물러났다. 그러다가 뒤에 뭔가 툭 하고 막혀 뒤를 돌아본 순간, 그의 눈앞이 캄캄해졌다.

최기산의 눈꺼풀이 파르르 떨리며 천천히 올라갔다. 그리고 그는 자신의 바로 앞에 바짝 붙어있는 진도운을 보았다. 진도운은 의자에 앉아 자신을 똑바로 바라보고 있었다.

"으악!"

최기산은 소리를 지르며 뒤로 펄쩍 날뛰었다. 아니, 날뛰려 했지만 몸이 움직이질 않았다. 그제야 그는 동공이 흔들리는 시선으로 자신의 몸을 내려다봤다. 지금 그의 몸은 의자에 앉아 꼼짝도 않고 있었다. 점혈을 당한 것이다.

"소, 소성주. 지금 무슨 짓이오?"

"……."

진도운은 말없이 바라보기만 했다.

"남의 처소에 함부로 들어오는 것도 모자라 장로를 이리……."

"시끄럽군."

냉랭한 한 마디.

그 한 마디에 최기산은 몸이 으스스해지는 걸 느꼈다. 하지만 그는 이를 꽉 깨물며 정신을 일깨웠다.

"나에게 이러고도 무사히 넘어갈 것 같소? 나중에 뒷감당을 어찌 하려고 이러는 것이오!"

"……."

"지금 실수하는 거요."

그때, 진도운이 손을 앞으로 내밀었다. 그러자 그 손에서 가공할 기운이 터져 나오며 최기산의 목을 움켜쥐었다.

"커억!"

최기산은 온몸을 부들부들 떨며 고개를 짓쳐들었다. 그리고 그의 몸이 점점 위로 올라가며 의자에서 서서히 멀어졌다. 그의 의지가 아니었다. 진도운의 손에서 뿜어져 나오는 기운이 그의 목을 움켜쥐고 들어 올리는 것이다.

"끄어어억……."

그의 입에서 침이 주르륵 흘러내리고 그의 눈이 뒤집어져서 흰 자위만 보였다. 그렇게 그가 정신을 잃기 직전에 진도운이 손을 내렸다.

"푸아! 허억! 헉!"

의자 위로 떨어진 최기산이 거칠게 숨을 몰아쉬었다. 그는 지금 머릿속이 어지러웠다. 자신이 아는 백우결은 이토록 무공이 고강하지 않았기 때문이다.

'어, 언제 이렇게…….'

그는 믿을 수 없다는 듯 눈을 동그랗게 뜨고 진도운의 눈치만 살폈다. 자신의 무력으론 할 수 있는 게 없다는 걸 깨달은 것이다.

"네게 몇 가지 물을 게 있다.

"뭐, 뭘……."

최기산은 진도운의 목소리에 놀라 얼굴이 하얗게 질려서 말까지 버벅거렸다.

"내가 지난 며칠 동안 만금성을 돌아다니면서 깨달은 게 있다. 그건 만금성의 사람들은 모두 나에게 호의적이었다는 것이다."

"……."

"그런 상황에서 네가 내 아버지를 배신하고 나에게 감시자들까지 붙인다는 건 아무리 생각해도 이해가 되질 않더군. 오늘 보니 장로원을 장악한 것도 아닌 것 같은데 말이야."

"무, 무슨 소리를 하는 건지……."

최기산이 눈알을 이리저리 굴리며 말했다.

"그럼 내가 모르는 누군가가 너의 뒤에 있다는 뜻인데……. 그게 누굴까?"

"소, 소성주가 무슨 말을 하는 건지 모르겠소."

진도운은 곧바로 손을 내밀었다. 그러자 또 다시 가공할 기세가 활화산처럼 터져 나오며 최기산의 목을 움켜쥐고 위로 쭉 끌어올렸다.

"크억! 컥!"

최기산의 입에서 숨넘어가는 소리만 간간히 흘러나왔다.

"그건 내가 원하는 대답이 아니다."

"크어어어!"

최기산의 얼굴이 새파랗게 질리고 나서야 진도운이 손을 뺐다. 다시 한 번 의자위로 떨어진 최기산은 진도운이 묻기도 전에 소리쳤다.

"그들은 만금성의 사람들이 아니오."

최기산이 몸을 파르르 떨며 말했다.

"그, 그들은 사람이 아니오."

"……."

진도운은 그제야 최기산이 몸을 떠는 이유가 자신 때문이 아니란 걸 깨달았다.

"그들은 악마요. 내가 떠벌리는 순간 그들은 내 몸을 갈기갈기 찢어 죽일 것이오."

최기산은 흐느끼는 목소리로 말했다. 그는 진정으로 두려워하고 있었다. 하지만 그를 바라보는 진도운의 입가에 조소가 맺혔다.

"그럼, 나는 살려줄 것 같나?"

그 순간, 진도운의 온몸에서 파지지직 거리는 소리와 함께 귀살류의 살기가 번뜩였다. 그리고 동시에 귀살류의 살기가 허공을 찢어발기며 앞으로 쏟아져 나갔다.

콰앙!

최기산의 몸이 걸레짝처럼 튕겨져 나가 벽에 쳐 박혔다. 그리고 그가 앉아있던 의자가 박살이 나며 그 파편이 사방으로 튀었다.

저벅저벅.

진도운이 의자에서 일어나 벽에 박혀 있는 최기산을 향해 천천히 다가갔다. 그러자 최기산이 벽에서 몸을 떼고 바로 옆에 있는 문을 향해 전력질주 했다. 그리고 그는 문을 열고 밖으로 나갔다.

최기산은 문턱을 나가자마자 그 자리에서 온 몸이 얼어

붙은 것처럼 멈춰 섰다. 바로 앞에 있는 마당에 수십 명의 시체가 널브러져 있었기 때문이다.

"으, 으아……."

땅은 온통 피로 젖어있었고 공기는 비린내에 젖어있었다. 아직도 생생한 걸로 보아 죽은 지 얼마 안 된 듯 보였다. 하지만 그것보다 그 수십 명의 시체들이 모두 익숙한 얼굴들이라는 게 더 신경 쓰였다.

"뭘 그리 놀라고 있지?"

그때, 뒤에서 싸늘한 음성이 날아들었다.

"네가 저지른 짓이잖아."

"무, 무슨 소리를 하는 거냐!"

최기산은 뒤돌며 소리쳤다.

"나를 감시하라고 명령을 내렸고 그게 들키자 네가 입막음을 위해 죽인 거 아닌가?"

"마, 말도 안 되는 소리!"

"그럼 네 처소 안에 있는 저 증거들은 뭐지?"

최기산은 그제야 진도운의 뒤로 있는 피 묻은 무기와 피 묻은 옷을 발견했다.

"자, 장로원이 저딴 증거들을 믿을 것 같으냐?"

진도운은 피식 웃었다.

"저들 수십 명을 죽였는데 너라고 멀쩡할까?"

"무, 무슨……."

그때 최기산은 한 가지 섬뜩한 생각이 떠오르며 온 몸이 걷잡을 수 없을 만큼 떨기 시작했다.

"너도 같이 죽어있으면 서로 죽인 줄 알겠지."

"으, 으으으……."

"몇몇 사람들은 수상하다고 의심을 하겠지만 그래도 어쩌겠어? 내가 이곳에 있었다는 흔적이 없는데."

최기산은 그제야 주변을 둘러보며 아침에 장로원을 찾아왔던 흑객들이 이곳엔 없다는 걸 깨달았다. 진도운은 그 많은 인원이 움직이면 눈에 띄니 흑객들은 자신의 처소에 두고 혼자만 온 것이었다.

"지금 여기엔 너만 있다니까."

진도운은 방긋 웃으며 말했다.

"으……."

최기산은 입술을 바들바들 떨며 정신이 아득해지는 걸 느꼈다. 혼자 힘으론 빠져나갈 수 없다는 걸 깨달은 것이다.

"그, 그들은 자신들을 서마고의 자식들이라고 했소."

그는 모든 걸 내려놓은 듯 말했다. 하지만 진도운은 그 말을 듣자마자 미간을 찌푸렸다.

"저, 정말이오!"

"……."

진도운이 말없이 노려보는 이유가 있었다. 그가 아는 한 서마고는 무림에 내려오는 한 줄기의 전설이지, 실존하는 존재가 아니었기 때문이다.

"그런 어처구니없는 말을 믿었다는 것이냐?"

"나도 안 믿었소. 그런데 그건 중요한 게 아니었소. 그들은 힘이 있었소."

최기산은 얼굴이 하얗게 질려서 벌벌 떨리는 목소리로 말을 이어나갔다.

"성주님을 죽인 것만 봐도 알 수 있잖소."

"그들에게 받기로 한 건 뭐가 있지?"

"만금성이오."

"그들에게 주기로 한 건?"

"그것도 만금성이오."

진도운은 피식 웃었다.

"모든 걸 주고 모든 걸 받기로 했군."

"소성주가 돌아오는 건 계획에 없었소."

최기산은 침을 꿀꺽 삼키며 말을 이었다.

"성주의 자리에 공백이 생기면, 그 동안은 성주가 할 일을 장로원에서 대신 하오."

"그건 알고 있다. 하지만 내가 버젓이 살아있는데 어떻게……."

진도운은 말하다 말고 입꼬리를 꿈틀거렸다.

"중원 전역에 서찰을 뿌렸던 게 나를 찾기 위해서만은 아니었군."

진도운의 몸에서 살기가 무럭무럭 자라나니 최기산은 입술을 바들바들 떨었다.

"나를 찾았다는 서찰이 왔으면 아버지를 습격했던 것처럼 똑같은 방법으로 처리할 셈이었나?"

"그, 그러려고 했는데 사평호가 끼어드는 바람에……."

그 말에 진도운은 그럴 줄 알았다는 듯 웃었다.

"내가 죽고 장로원으로 성주의 권한이 넘어가면 너는 다른 장로들을 숙청해가며 천천히 장로원을 장악할 생각이었겠지."

"……"

최기산은 아무 말도 못하고 눈알만 이리저리 굴렸다.

"그렇게 해서 장로원을 장악하면 만금성은 네 뜻대로 움직이겠군. 결국엔 서마고 놈들의 손 안에서 놀아나는 허수아비가 되겠지만 말이야."

허수아비라는 말에 최기산은 수치스러운 듯 얼굴을 붉혔다.

"그들하고 접촉하는 방법은?"

"마, 만금성 밖에 느티나무가 있소. 그 느티나무에 등을 밝히면 반 시진 내에 그쪽에서 나타나오."

"저 밖에 느티나무가 한 두 그루 있는 것도 아니고."

그 말에 최산기가 지레 겁을 먹고 다급히 말을 덧붙였다.

"만금성 옆에 붙어 있는 평야를 넘어가면 숲이 나타나오. 그리고 그 숲을 통과하면 마른 땅 위에 느티나무만 한 그루 놓여 있을 것이오."

"아무 등이나 밝히면 되나?"

"붉은색이라면 아무 등이나 상관없소."

진도운은 그 말을 듣자마자 최기산을 향해 성큼성큼 다가갔다.

"저, 정말이오! 믿어 주시오!"

최기산은 허겁지겁 뒷걸음질 치며 말했다.

"믿어 주지."

"그, 그럼, 사, 살려주시는 것이오?"

진도운은 실소를 흘렸다.

"널 살려주면 저기에 널려 있는 시체들은 누가 수습하지?"

"내, 내가 죽이고 도망간 것처럼 꾸미면 되지 않소? 나를 보내주면 다시는 만금성 근처에 얼씬도 하지 않겠소."

성큼성큼 나아가던 진도운은 돌연 땅바닥에 떨어져 있는 검을 쥐었다. 감시자들이 들고 있던 무기 중의 하나였다.

"그걸 왜 드는 것이오? 나를 살려주는 게 아니었소?"

최기산은 다시 뒷걸음질 치며 부들부들 떨리는 목소리로 말했다. 하지만 진도운은 그 말을 무시한 채 검을 앞으로 찔러 넣었다.

푸욱.

최기산의 등이 활대처럼 구부러졌다. 그 등에서 피를 뒤집어 쓴 검 끝이 튀어나왔다.

"왜, 왜……."

"언젠가 후환이 될지도 모르는 놈을 살려둘 순 없지."

진도운은 최기산의 배에 꽂혀 있는 검에서 손을 떼고 다시 땅바닥에 떨어져 있는 검을 들었다. 그리고 최기산의 어깨에 똑같이 찔러 넣었다.

푸욱.

최기산의 몸이 휘청거리며 그의 어깨에도 칼이 박혔다.

"크흑!"

최기산은 피를 토하며 분하다는 듯 새빨개진 눈동자로 진도운을 노려봤다.

"내가 거짓말을 하는 걸 수도 있지 않소? 이대로 날 죽이면 내 말이 사실인지……."

그의 말이 채 이어지기도 전에 그의 몸에 다른 칼이 또 꽂혔다.

"커억!"

"아직 너 말고 물어볼 사람이 남아있다."

그때, 최기산이 쓰러질 것처럼 무릎을 꺾자 진도운이 왼손을 갈고리처럼 모아 그의 턱을 잡았다.

"아직 쓰러지면 안 되지."

지금 그의 몸에 박힌 칼로는 감시자들 수십 명하고 싸웠다고 보기에 무리가 있었다.

진도운이 오른 손을 뒤로 뻗자 그의 손 안으로 땅바닥에 떨어져 있던 검들 중의 하나가 쭉 빨려 들어왔다. 사평호가 내공을 늘려준 덕에 허공섭물을 이처럼 능숙하게 펼칠 수 있었다.

진도운은 이번에는 검을 꽂지 않고 휘둘렀다. 그것은 최기산의 몸에 칼자국을 하나씩 새겨 넣기 위함이다.

촤아악!

피가 튀는 소리가 나며 점점 최기산의 눈빛이 꺼져갔다. 그리고 그의 온 몸에서 피가 흘러내렸다. 하지만 진도운은 쉬지 않고 검을 휘둘렀고 최기산은 미친 듯이 신음소리를 흘렸다.

"너, 넌⋯."

최기산은 뭐라 말하려고 입을 열었지만 채 그 말을 다 잇지도 못했다. 그리고 더 이상 움직이지 않았다. 그는 그저 몸이 축 늘어져 진도운의 손끝에 걸려있었다.

진도운은 그제야 최기산의 턱을 놔주었다. 그리고 최기산의 처소 안으로 들어가서 피가 묻어 있는 무기를 최기산의 손에 쥐어주었다.

진도운은 뒤로 살짝 물러나서 온몸에 난도질이 나 있고 여러 자루의 칼이 박혀 있는 최기산의 시신을 내려다봤다. 그 정도면 충분했다.

무심하게 시신을 내려다보던 진도운은 곧바로 혈아세인술을 펼쳤다. 그러자 대기를 울리는 소리와 함께 그의 온몸에서 검붉은 연기가 뿜어져 나왔다. 그리고 그 검붉은 연기는 이내 안개처럼 뭉쳐서 진도운의 몸을 집어삼키고 감쪽같이 사라졌다. 그리고 더 이상 진도운의 모습도 보이지 않았다.

처소로 돌아온 진도운은 처소를 가득 채운 흑객들과 지금까지 자신을 기다리고 있던 사평호를 보았다.

"흑객들을 먼저 보내놓고 혼자 뭐하고 온 겐가?"

사평호가 의자에 몸을 파묻으며 말했다.

진도운은 전각에 널려있는 의자 중에 대충 짚이는 거 하나 가지고 사평호의 맞은편에 갖다 놓으며 그 의자에 앉았다.

"지금 생각해보면 처음부터 어르신이 모든 일에 관여하고 있었습니다."

"갑자기 무슨 소리를 하는 거냐?"

"어르신은 저에게 틈틈이 정보를 흘리면서 제가 자연스럽게 최기산 장로에게 향하도록 만들었습니다."

"껄껄. 이놈아. 난 널 도운 것뿐이야."

하지만 진도운은 그 말을 들은 척도 안 했다.

"처음에는 최기산 장로의 뒤에 있는 놈들이 장로원인 줄 알았습니다만, 그들의 처사는 지금 생각해 보면 당연했습니다."

백우결은 그동안 술과 여자만 끼고 살며 만금성이 돌아가는 물정을 모르고 있었으니 후계자 수업을 받는 것은 당연했다. 그리고 감시자들도 최기산 개인이 벌인 일이지 장로원이 나선 것은 아니었다.

"저를 데리러 온 것도, 저에게 최기산에 대해 언급해준 것도, 그리고 제 몸 안에 있는 내공을 녹여준 것도 모두 어르신이었습니다."

사평호가 넉살 좋게 웃어보였다.

"그래서 고맙다는 말이라도 하려고 그러냐?"

"어르신이 저를 도와주는 이유가 뭘까 생각했습니다. 그리고 그 이유를 이제야 알게 되었습니다."

"말했잖아. 네 아비하고 거래를 했다고."

진도운은 덤덤히 미소를 지었다.

"어르신은 서마고의 자식이라는 놈들을 피해 만금성에 숨어있던 겁니다. 그리고 그놈들이 서서히 만금성에 손을 뻗치자 그 대항마로 제가 필요했던 겁니다."

"……."

"그래서 제 아버지가 죽자마자 어르신은 저를 데리고 와서 하나부터 열까지 도와준 겁니다. 아버지가 돌아가신 지금은 제가 있어야만 만금성의 뒤에 숨을 수 있으니까요."

그때까지도 사평호는 말이 없었다.

"제 말이 틀렸습니까?"

"……."

사평호의 얼굴은 웃고 있었다. 하지만 그는 여전히 아무 말도 하지 않았다.

"벌써 거기까지 알아낼 줄 몰랐네."

마침내 사평호가 입을 열었다.

"최기산 장로에게 들었습니다."

"순순히 말해주던가?"

"그럴 리 있습니까?"

그 말에 사평호가 실소를 흘렸다.

"뭔 사단이 나더라도 났겠군."

"스스로를 서마고의 자식들이라고 하는 놈들은 누구입니까?"

"자네도 서마고를 알고 있겠지?"

"아주 잔인한 전설이란 건 알고 있습니다."

아득히 먼 옛 날, 서마고라는 여인이 살았는데 그녀의 미모가 천하를 홀릴 만큼 뛰어나더라. 어떤 사내라도 그녀를 한 번 보면 정신을 못 차렸다고 하니 그녀의 미모가 얼마나 뛰어난지 알 수 있었다. 그러니 무림의 못 사내들이 그녀를 갖겠다고 몰려들었고 결국 서로 죽고 죽이는 전쟁으로까지 번졌다. 사내들이 그녀의 미모에 눈이 멀어 미쳐 날뛰는 건 한순간이었다.

하늘과 땅이 붉게 물들고 피비린내가 끊이질 않았다. 누가 살고 누가 죽는지 구분도 되지 않는 그곳에서 서마고는 땅바닥에 떨어져 있는 검 하나를 집어 자신의 배에 찔렀다. 그리고 그 참혹한 세상을 보기 싫다는 듯 눈을 감았다.

"그렇게 죽은 줄만 알았던 서마고는 10년 뒤에 되살아나서 무림을 없애려고 하지. 그런 더러운 세상은 필요 없다면서 말이야."

"하지만 그녀 혼자 힘으로는 한계가 있었고 결국 다시 비참하게 죽지 않습니까?"

"내가 말하고 싶은 건 서마고가 사라진 10년 동안의 일일세."

"제가 모르는 뒷이야기라도 있는 겁니까?"

사평호가 착잡한 한숨을 내쉬었다.

"그때 당시 서마고를 구해준 건 본방의 선조였다네. 본방의 선조가 그녀를 치료해주고 그녀의 몸을 신환성체(神奐聖體)로 개조시켜주기까지 했지."

"신환성체라 함은……."

"뭘 묻나? 자네 몸이 신환성체지."

진도운은 일전에 송표기가 사평호는 신환방의 주인이라고 말했던 걸 떠올렸다.

"신환방의 선조께서도 서마고의 미모에 넘어간 겁니까?"

"그녀에게 홀딱 넘어가서 그녀가 원하는 건 다 갖다 바쳤다더군. 본방의 의술이건, 무공이건 다 말일세."

"그랬군요."

"선조께서도 그녀가 본방의 무공을 가지고 다시 세상으로 나와 무림을 없애겠다고 난리 칠 줄은 몰랐겠지. 덕분에 우리는 세상 밖에 나오지도 못하고 숨어서 살아야만 했지만 말이야."

사평호가 쓰게 웃으며 말했다. 그리고 진도운은 왜 자신이 그동안 신환방이란 이름을 듣지 못했는지 알 수 있었다.

"그런 추악한 얘기가 사실일 줄은 몰랐습니다."

"지금은 그게 진실인지 아닌지 구분하지 못할 만큼 오래 지났으니까. 어쩌면 그걸 감추고 싶었던 걸 수도 있고."

"……."

"그 당시 웬만한 무림인들은 다 모였다고 하니……. 여자 하나에 미쳐서 세상을 피로 물들인 그런 창피한 과거는 실제로 일어났다고 믿고 싶지 않은 걸 수도 있지."

"……."

"본래 사람이라는 게 그렇지 않은가? 자신의 치부가 되는 일은 쉽게 인정하지 않으려고 하니……."

진도운은 말없이 쓴웃음만 지었다.

"그놈들이 어느 날 갑자기 찾아와서 자신들이 서마고의 자식들이라며 나에게 도움을 청하더군."

"서마고는 이미 신환방의 의술이건, 무공이건, 다 물려받지 않았습니까?"

"그랬지. 실제로 그놈들은 본방의 무공을 펼치고 있었네. 본방의 무공을 좀 다르게 바꾼 것 같긴 한데 그래도 그 뿌리가 본방의 무공이란 건 감출 수 없었지."

"그렇다면 왜……."

"그때 당시 신환성체는 지금에 비하면 많이 부족한 면이 있네. 그때는 지금보다 의술이 열악했던 것도 있고."

"그래서 그놈들이 지금 더 발전된 신환성체를 달라고 어르신을 쫓는 겁니까?"

사평호는 고개를 애매하게 끄덕였다.

"그놈들은 신환성체도 자기들 입맛대로 바꿨더군. 그런데 그게 뭐가 잘못됐나봐. 그래서 나보고 와서 봐달라는데……."

"거절했습니까?"

"그놈들이 말하는 게 제정신 같지 않아서 거절했다."

"그놈들이 뭐라고 했습니까?"

"자신들은 서마고의 자식들이니, 서마고의 의지를 이어받아야 한다는군. 그래서 무림이라는 더러운 세상을 지워버릴 거라고 했네."

사평호가 어처구니없다는 듯 말했다.

"황당한 말이군요."

"그래. 문제는 그놈들이 제법 힘을 갖추고 있다는 거야."

"흑객들이 있는데도 불구하고 아버님을 습격했다는 건 나름 힘을 갖췄다는 뜻이겠죠."

"그래. 그러니까 거절했지. 안 그래도 위험한 놈들인데, 더 위험하게 만들 순 없으니까. 그랬더니……."

사평호가 표정을 구기며 말을 이었다.

"그놈들이 본방의 제자들을 모두 죽여 버렸어."

"……."

"나만 겨우 살아남았지. 아니, 그놈들이 살려줬다고 해야 하나? 내가 살아있어야 내 도움을 받을 수 있으니 말이야."

사평호는 쓸쓸히 웃으며 말을 이었다.

"내가 네 아비와 한 거래는 나를 보호해달라는 게 아니었네."

"……"

"내가 본방의 모든 걸 만금성에 전수해주는 대신 만금성은 그놈들에게 내 복수를 해주기로 했지."

진도운은 그제야 모든 걸 알겠다는 듯 고개를 끄덕였다. 그리고 속 시원하게 털어놓은 사평호는 의자에 몸을 푹 파묻었다.

"이제 어쩔 생각인가?"

"한 가지 묻고 싶은 게 있습니다."

"물어보게나."

"어떤 씨앗이 있는데, 그 씨앗이 터질 때마다 푸른 향을 뿜습니다. 그리고 그 향을 맡으면 몸이 마비가 되는데 그걸 막을 방도가 있습니까?"

신환방이나 서마고의 자식들에 대해 물어볼 거라 예상했던 사평호는 전혀 의외의 질문에 말까지 버벅거렸다.

"그, 그게 왜 궁금한데?"

"방도가 있는 겁니까? 없는 겁니까?"

진도운은 신환방의 의술이 뛰어난 것 같으니 혹시나 해서 물어본 것이다. 그런데 그 말에 사평호가 선뜻 대답하지 못하고 고개만 갸웃거렸다.

"지금 자네가 말하는 건 꼭 800년 전에 혈교 놈들이 쓰던 수법 같은데."

"……."

"아, 자네는 모를 거야. 혈교도 서마고처럼 오래 되서 사람들의 기억 속에서 잊혀 졌거든."

사평호가 바로 말을 이었다.

"구야혈교 알지? 구야혈교의 전신이 혈교였어. 그 혈교에서 쓰던 수법 같은데."

"어떻게 아시는 겁니까?"

"본방에 내려오는 비전 의서가 있는데 거기에 적혀 있는 걸 봤어. 본방이 의술도 다루는 만큼 그런 이상한 수법들은 다 기록하고 연구하거든."

"상대할 방법도 아는 겁니까?"

"찾아보면 어디 있겠지."

진도운은 방긋 웃으며 고개를 끄덕였다.

"제 아버지와의 거래를 그대로 이어가겠습니다."

어차피 그놈들은 만금성을 노리고 있었다. 이대로 있으면 언젠가 부딪힐 놈들이었다. 그리고 무엇보다 신환방에 내려온다는 비전 의서가 필요했다. 혁련굉이 송표기를 붙잡았던 마지막 광경이 머릿속에서 떠나질 않았기 때문이다.

'혹시나 살아있을 수도 있으니…….'

대비를 해둬서 나쁠 건 없었다.

껄껄 웃던 사평호가 갑자기 입꼬리를 흐렸다.

"그런데 최기산을 어떻게 불게 만든 건가?"

"걱정 되십니까?"

"그래도 만금성의 장로인데, 최기산에게 죄를 추궁할 수 있는 증거를 확보할 때까지 기다렸어야지."

진도운은 피식 웃었다.

"그래서 어르신은 그동안 최기산 장로를 가만히 놔뒀던 겁니까?"

"당연하지. 심증만 있고 물증은 없으니. 잘못 건드렸다 간 역으로 당할지도 모르는데. 그리고 지금도 그래. 그놈이 장로원에다가 해코지를 당했다고 이르기라도 하면……."

"그럴 일 없습니다."

진도운은 단호하게 말했다.

"자네 앞에서 무슨 말을 했는지 모르겠지만 돌아서서 딴 말하는 사람이 바로 최기산이네."

"하지만 죽은 자가 어떻게 말을 하겠습니까?"

사평호가 뭐라 말하려다 말고 그대로 멈췄다. 그리고 잠시 멍하니 있다가 실없이 웃었다.

天河鬼工

8장. 주위식

8장.
죽위식

　바로 그날, 최기산의 처소에서 최기산을 포함한 수십 명의 시신이 발견 되었다. 처소에서 피비린내가 진동하자 이를 수상하게 여긴 다른 장로가 그 처소를 방문하며 발견한 것이다. 그로 인해 만금성이 떠들썩했지만 진도운은 마치 자신과는 상관없는 일인 것처럼 자신의 처소 안에서 조용히 있었다.

　중간에 한 번 은립이 최기산의 처소에서 벌어진 일에 대해 보고하러 왔지만 전후사정을 모르는 그는 진도운이 연관되어 있으리라 의심도 못했다. 그런데 그날 밤, 듬직한 체격에 단단한 인상을 가진 노인이 찾아왔다. 장로원에서 본 적이 있는 노인이었다. 그는 최기산 장로가 감시자들을 부인하며 진도운을 나무랄 때 가장 먼저 나서서 최기산을 꾸짖었던 공길건 장로였다.

공길건 장로는 최기산의 처소에서 벌어졌던 일에 대해 보고를 하려고 들른 것이었다.

오늘 아침 진도운이 찾아가서 감시자를 언급한 걸 토대로 최기산이 감시자들의 입을 막기 위해 칼을 들었다가 서로 싸우게 됐다는 내용으로 보고는 끝났다.

"몇 가지 수상한 점이 눈에 띕니다. 가령 그 많은 인원이 싸우면 소리라도 들렸을 텐데, 아무도 싸우는 소리를 못 들었다고 합니다."

"그렇습니까?"

"그리고 수십 명이나 되는 감시자들 중 한 명도 도망치지 못하고 모두 죽은 것도 이상합니다."

가만히 그 얘기를 듣던 진도운은 돌연 피식 웃었다.

"최기산 장로가 그들을 보고 호위무사들이라고 하지 않았습니까?"

"호위무사를 만금성 안에서 붙일 리 있습니까?"

진도운은 한쪽 눈썹을 쭉 끌어올렸다.

'눈 뜬 장님은 아니군.'

"본인은 어떻게 생각하십니까?"

불쑥 끼어든 진도운의 질문에 공길건은 멈칫했다.

"제 의견이 궁금하십니까?"

"그렇습니다."

"어떤 상상도 못할 고수가 감시자들을 모두 죽이고 최기산 장로까지 죽인 다음에 그런 현장을 꾸몄을 거라 생각합니다. 그럼 소리가 들리지 않은 이유도, 수십 명이나 되는 감시자들이 도망치지도 못했던 이유도 모두 설명 됩니다."

진도운은 씩 웃었다.

"그럼 그 고수가 누구인 것 같습니까?"

"아마도 최기산 장로가 감시자들을 붙여 심기를 건들인 사람이지 않겠습니까?"

돌려 말했지만 결국엔 자신을 말하는 것이었다.

진도운은 입꼬리를 쭉 늘어트리며 미소를 지었다.

"내가 그랬다고 생각하는 겁니까?"

"아니어도 상관없습니다. 소성주에게 감시자들을 붙였다는 건 주제넘게 마음속에 딴 뜻을 품었다는 뜻이니……."

"……."

"그런 놈은 죽어 마땅합니다."

공길건의 말에서 살기를 느꼈다. 그 말이 진심이라는 뜻이라.

"최기산 장로의 자리는 공석이 되는 겁니까?"

진도운은 화제를 바꿨다.

"그렇습니다."

"그럼 성주의 자리가 공석인 만큼 그 자리도 장로원에서 정하는 겁니까?"

"혹 추천하고 싶은 분이라도 있으십니까?"

"그보다 다른 걸 추천하고 싶습니다. 장로원의 자리를

83

하나 더 늘리는 건 어떻습니까?"

뜬금없는 진도운의 말에도 공길건은 표정 하나 변하지 않고 목을 숙였다.

"안 그래도 장로 자리를 하나 더 늘리려고 했습니다. 본 성이 문파로 바뀌어가고 있는 만큼 문파를 따로 담당할 장로의 자리를 만들 셈이었습니다."

만금성의 장로들은 만금성의 일을 각자 세분화해서 하나씩 맡고 있었다. 그러니 만금성이 무림의 문파로 바뀐다면 당연히 그간 없었던 새로운 일을 해야 하니 자리도 더 생기는 게 맞았다.

"그 자리에 사평호 어르신을 추천하고 싶습니다."

"알겠습니다."

공길건은 순순히 대답했다. 진도운은 흡족한 미소를 지으며 그를 쳐다봤다.

"한 가지 더 말할 게 남았습니다. 내일부터 장로원의 회의가 끝나면 그 내용을 보고 받고 싶군요."

진도운은 이제 후계자 수업을 어느 정도 받았으니 만금성에 대해 더 깊이 알고 싶었다. 그러려면 만금성의 대소사가 결정되는 장로원의 회의 내용을 알아야했다.

"제가 직접 보고를 드리겠습니다. 그리고 서기를 데리고 회의록도 작성토록 하여 따로 첨부하도록 하겠습니다."

진도운은 다시 만족스럽다는 듯 미소를 지으며 고개를 끄덕였다. 그 뒤로도 진도운과 공길건은 여러 얘기를 나누었고 얘기는 딱히 막히는 부분 없이 술술 풀렸다.

　다음날부터 진도운은 다시 은립을 따라 만금성을 돌았
다. 이제 만금성에 있는 부서와 사람들은 대부분 알게 되었
다. 은립은 며칠 안에 그 모든 걸 외우는 건 불가능한 일이
라고 말했지만 진도운은 은립을 데리고 다니면서 직접 보
여주었다. 만나는 사람마다 이름을 부르고 그 사람이 어느
곳에서 일하고 있는 것까지 빠짐없이 말해주었다. 그래서
이제는 만금성을 돌아다니는 시간을 줄이고 처소에서 만금
성이 돌아가는 방식에 대해 배우기로 했다.

　만금성은 어떤 일이든 한 부서에서 독점을 하는 경우가
없었다. 아주 철저하게 세분화 시켜서 각자 한 분야만 집중
해서 맡고 있었다. 그리고 다른 부서에서 월권을 하지 못하
도록 규율로 막았다. 성주를 제외하고는 어느 누구도 타 부
서의 일에 간섭할 수 없었다. 즉, 만금성에서 독점적으로
권력을 갖는 사람은 성주뿐이었다.

　은립의 수업이 끝나면 공길건이 찾아와 그날 하루 있었
던 장로원의 회의를 요약해서 보고하며 한 글자도 빠짐없
이 작성한 회의록을 넘겼다. 그리고 간혹 진도운이 물을 때
가 있으면 공길건은 성심성의껏 대답해주었다.

　처음 며칠 동안 장로원 회의의 주된 내용은 최기산 장로
의 일이었다. 하지만 최기산 장로의 처소에서 딱히 다른 증
거가 나오지 않아 별 다른 진척은 없었다.

그 다음 논제는 최기산 장로의 후임을 정하는 일이었다. 공길건은 미리 전날 밤에 와서 진도운의 의견을 물었다. 진도운은 아직 성주가 되지 못해서 그의 의견을 물을 필요는 없었지만 그래도 물은 것이다. 하지만 진도운은 최기산의 후임을 정하는 것보다 최기산이 맡았던 일에 대해 더 신경을 기울였다.

'최기산이 만금성의 땅과 건물을 담당했다니……'

진도운은 그제야 자신의 처소가 왜 이렇게 감시에 적합한 건물로 정해졌는지 알 수 있었다.

'큰일이군.'

만금성은 중원에 있는 땅과 건물들을 만금성의 이름으로 갖고 있지 않았다. 만금성은 위장용으로 본인들과 전혀 관계가 없어 보이는 상단을 몇 개 만들어서 그 상단들의 명의로 중원의 땅과 건물들을 가지고 있었다. 그런데 그걸 관리하는 최기산이 서마고의 자식들이라고 자처하는 놈들과 손을 잡았으니 여간 문제가 아니었다.

'중원에 퍼져 있는 만금성의 땅과 건물들이 노출됐을 수도 있다는 얘기군.'

결국 공길산은 최기산 장로의 후임에 대한 안건으로 진도운의 의견을 들을 수 없었다. 그가 연신 심각하게 표정을 굳히며 다른 생각에 빠져 있었기 때문이다. 그래서 그는 진도운이 정신 차릴 만한 안건을 먼저 끄집어냈다.

"장로원에서 만장일치로 소성주를 성주로 추대하자는

안건이 통과되었습니다."

다른 생각에 빠져 있던 진도운의 입꼬리가 꿈틀거렸다. 들던 중 반가운 소리였다. 신환방의 무공까지 전수받은 만금성을 온전히 손에 넣는다면 더 이상 거리낄 게 없었다.

"바로 내일부터 즉위식 준비에 들어갈 예정입니다. 그리고 즉위식은 3일 뒤에 열릴 예정입니다."

"너무 서두르는 거 아닙니까?"

진도운은 미소를 꾹 감추며 물었다.

"아닙니다. 오히려 후계자 수업 때문에 지체된 면이 있습니다."

그동안 진도운이 후계자 수업을 받으면서 보여줬던 모습 덕분에 장로원에서는 진도운이 성주가 될 자격이 있다는 판단을 내리고 예정했던 것보다 즉위식을 앞당긴 것이다. 물론, 그 이면에는 최기산 장로의 일로 뒤숭숭해진 분위기를 바꾸려는 시도도 있었다.

"소성주께서 즉위식을 미루시겠다면 모를까……."

"전 괜찮습니다."

"알겠습니다."

공길건은 즉각 고개를 숙이며 대답했다. 그리고 그날 장로원에서 회의했던 내용은 쭉 읊었지만 즉위식만큼이나 중요한 건 없었다.

공길건이 가고 나면 사평호가 기다렸다는 듯이 찾아와

진도운의 몸에 침을 놓았다. 그럼 진도운은 단전에서 콸콸 쏟아지는 내공을 받아들이는 것에 집중했다.

진도운은 처음 만금성에 들어왔을 때와는 비교도 할 수 없을 만큼 어마어마한 양의 내공을 얻었다. 몸에선 힘이 흘러넘쳤고 내공이 모자라 4성에 그쳤던 청천백혼공은 금세 8성을 뛰어 넘어 10성을 바라보고 있었다.

"아직도 단전 안에 뭉쳐 있는 내공이 느껴집니다."

진도운은 자신의 몸에서 침이 빠지자마자 말했다.

청천백혼공은 벌써 10성을 앞두고 있다. 이대로 간다면 머지않아 극성에 도달할 텐데, 아직도 단전 안에 있는 내공은 많이 남아있었다. 그래서 진도운은 혹시나 그 많은 내공을 녹여냈을 때 그릇이 되는 몸이 버티지 못할까 걱정하고 있었다.

"신환성체는 네가 아무리 많은 내공을 담아도 버틸 수 있다. 아예 처음부터 그것까지 염두해두고 설계를 했으니 그리 걱정할 필요 없다."

"다행입니다."

진도운은 씩 웃으며 상의를 챙겨 입었다.

"듣기로는 네 즉위식 날짜가 정해졌다던데."

"3일 뒤입니다."

사평호가 고개를 끄덕였다. 만금성 안에 물자가 넘쳐나니 3일이면 어떤 연회라도 열 수 있는 시간이었다.

"제가 성주로 즉위하면 그때부터 어르신도 만금성의 장

로가 되는 겁니다."

"알겠다. 이놈아."

사평호는 침통을 집어넣으며 말했다. 그리고 품속에서 웬 서적 한 권을 꺼냈다. 그 서적의 겉표지에는 신환비술 (神奐祕術)이라 적혀 있었다.

"받아라."

"이게 뭡니까?"

진도운은 신환비술을 건네받으며 물었다.

"말이 비술이지, 그냥 본방에 내려오는 10가지 무공을 정리해놓은 것이다."

진도운은 신환비술이라 적힌 서적을 펴며 그 안을 들여다봤다. 심법 하나, 경공 하나 이런 식으로 딱 필요한 무공만 하나씩 있었다.

책장을 넘기며 대충 신환비술을 훑어본 진도운은 일전에 흑객들이 감시자들을 잡을 때 선보였던 움직임을 떠올렸다.

"흑객들이 여기에 있는 무공을 배운 겁니까?"

"흑객들뿐만 아니라 만금성에 있는 대부분의 사람들이 신환비술을 익혔지."

이제는 죽고 없는 백성수는 신환비술에 적힌 10가지 무공을 만금성의 사람이라면 누구나 익히도록 하였다. 그리고 그중에서 재능 있는 사람들을 골라 온종일 무공 수련에만 매진하도록 만들었다. 현재 흑객이 된 자들도 예전에는 그 안에 속해있었다.

"신환비술을 봐둬서 나쁠 건 없을 거다. 딱히 너에게 필요해보이진 않지만."

"이게 원본입니까?"

"그게 원본이지. 다른 사람들이 가지고 있는 신환비술은 다 필사본이야."

진도운은 멋쩍게 웃었다.

"원본을 주셔도 괜찮은 겁니까?"

사평호는 아무렇지도 않다는 껄껄 웃어보였다.

"만금성이 본방의 무공을 물려받았으니 만금성이 본방의 맥을 계속 이어가는 거겠지. 난 그걸로 만족하네."

"……"

"난 이만 가보겠네."

사평호가 쓸쓸히 웃으며 전각을 떠났다. 하지만 진도운은 그 늦은 밤에도 잠자리에 들지 않고 신환비술에 적혀있는 무공 10가지를 정독했다.

의외였다. 의술이 뛰어나서 무공 쪽으로 약세일 줄 알았는데 무공도 제법 고강해 보였다. 문제는 무공 자체가 살상보다는 심신을 수련하는 쪽에 비중을 두는 바람에 같은 선상에 있는 다른 문파의 무공들에 비하면 그 위력이 뒤떨어졌다. 심지어 도사들이 수련하는 무공처럼 지고지순하게까지 느껴졌다. 아무래도 의술과 무공을 함께 배우다보니 무공도 자연스럽게 그런 쪽으로 발달된 듯 보였다.

'손 좀 봐야겠군.'

이대로는 한계가 명확했다. 그래서 진도운은 한밤에 종이와 붓을 갖다놓고 신환방의 무공을 다시 정립하기 시작했다. 기존의 색은 다 갖다버리고 구야혈교의 것처럼 거칠면서도 백선문의 것처럼 단단하게 바꾸었다. 무공을 아예 분해하고 새롭게 정립하는 건 단순하게 무공 초식을 수정하는 것과는 차원이 다른 일이었다. 하지만 진도운은 자신의 깨달음을 바탕으로 하나씩 무공을 바꿔가고 있었다. 그건 마치 청백이 백선문의 무공을 분해하고 그 정수만 따와 천목수로 새롭게 탄생시킨 것처럼 고도의 깨달음을 필요로 했다. 그래서 진도운은 하룻밤 만에 그걸 완성시킬 수 없을 거란 걸 짐작하고 있었다.

꼬박 밤을 새운 진도운은 어김없이 묘시에 찾아온 은립을 맞이했다. 하지만 은립은 후계자 수업은 이 정도면 충분하다며 즉위식 때까지 푹 쉬라고 했다. 그리고 즉위식이 끝나면 다른 사람이 와서 대신 자신을 보필할 거라고 했다.

그래서 진도운은 낮에도 신환방의 무공을 재정립하고 새롭게 탄생시키는 일에 심혈을 기울일 수 있었다. 하지만 밤에는 장로원의 회의 내용을 보고 받고 사평호에게 침을 맞아 내공을 녹이는 일과 때문에 할 수 없었다. 그래도 그 외의 나머지 시간을 쏟아 부어서 즉위식 당일 아침에 그 모든 작업을 끝낼 수 있었다. 비록 신환비술이 갖는 태생적 한계 때문에 천목수처럼 뛰어난 무공이 되진 않았지만 기존의 신환비술에 비하면 더 없이 위력적으로 변했다.

각 부서에 최소한의 인원만 남기고 나머지 사람은 모두 즉위식에 참여했다. 즉위식에 동원된 식탁 위에는 중원 각 지역에서 가져온 재료로 만든 온갖 산해진미와 똑같이 중원 전역에서 가져온 전통주가 있었다. 마치 중원에 존재하는 모든 음식이 그 위에 있는 것 같았다. 그로 인해 사방에서 기름 냄새가 진동하며 술에 취해 가락을 뽑는 사람들이 하나, 둘 늘어났다.

하지만 그 시끌벅적한 소란도 진도운이 성주의 자리를 향해 오를 때만큼은 죽은 듯이 끊겼다. 그때만큼은 만금성의 모든 사람들이 진도운을 바라보며 숨을 죽이고 있었다. 심지어 각 부서에 남아 일을 보던 사람들도 창문 밖으로 고개를 내밀고 진도운을 보고 있었다.

진도운은 성주의 의자가 있는 단상 위로 한 계단씩 밟고 올라갔다. 계단은 즉위식이 열리는 곳에서 가장 중심이 되는 곳에 있었고 그 위에는 황금으로 만들어진 의자가 놓여 있었다. 그 의자를 향해 진도운은 한 발자국씩 내딛었다. 그리고 마침내 단상을 올라 황금 의자에 앉는 순간 온 사방에서 함성 소리가 터져 나왔다.

"우아아아아아!"

"새로운 성주님이시다!"

"천세! 천세!"

천둥처럼 천지를 울리는 우렁찬 함성 소리와 함께 만금성에 있는 모든 건물들의 꼭대기로 새빨간 바탕의 사각 깃발이 올라왔다. 그 깃발 안에는 금가루로 반짝이는 거대한 산 하나가 박혀 있었는데, 바로 그것이 만금성을 상징하는 만금산(滿金山)이었다.

지금 만금성에서 가장 높은 곳에 앉아있는 진도운은 묘한 미소를 지으며 만금성을 내려다보고 있었다. 그는 이 넓은 만금성 안에서 자신을 우러러 보는 수많은 사람들을 보며 온몸이 짜릿하게 달아오르는 걸 느꼈다.

'이제 내가 만금성의 주인이다.'

더 이상 그 말을 부정할 사람은 없었다.

"성주님."

그때 공길건을 비롯한 모든 장로들이 단상 위로 올라와 부복을 했다. 그러자 단상 아래에서 쏟아지는 함성 소리가 더 커졌다. 진도운은 마치 온 몸이 뜯겨져 나갈 것 같은 짜릿함을 느꼈다. 그리고 그동안 송표기와 혁련굉이 걸어왔던 만인지상의 자리가 얼마나 대단한지 몸소 느꼈다.

"성주님."

단상 아래에서 공길건이 소리쳤다. 내공을 썼는지 그의 목소리가 사방에서 쏟아지는 함성소리에 묻히지 않고 귓가에 생생하게 들렸다.

"이제 금역비고(金域祕庫)로 가실 때가 됐습니다."

금역비고는 오직 성주만이 들어갈 수 있는 비밀 창고로, 정식으로 성주가 되면 가장 먼저 밟아야 할 곳이기도 했다.

진도운은 처음 그 비고의 존재를 들었을 때부터 궁금했다.

과연 그곳에 무엇이 있길래 성주만 들어갈 수 있는 창고에 꼭꼭 숨겨놨는지 말이다.

진도운은 공길건을 따라 연회 중간에 빠져나왔다. 그리고 처음 만금성에 온 날, 백성수의 임종을 지켜봤던 전각으로 향했다. 그곳은 만금성에서 가장 드높고 가장 화려한 곳으로 앞으로 성주가 된 자신이 지낼 곳이기도 했다.

바로 그 전각 앞에 백의를 깔끔하게 차려입은 노인이 서 있었다. 그동안 만금성을 돌아다니며 한 번 본 적이 있는 얼굴이었다.

'이름이 목각이었던가?'

그 노인은 두 손 모아 정중히 포권을 올렸다. 그리고 그때 공길건은 자신이 할 일은 여기까지라며 연회장으로 돌아갔다.

"기억하실지 모르겠지만 제 이름은 목각이라고 합니다."

"기억하고 있소. 그리고 마구간에서 일했던 것도 기억하고 있소."

"평소에는 마구간에서 일하고 있지만 본래 맡은 일은 만역비고의 열쇠를 지키는 일입니다."

"그럼 열쇠는 어디 있소?"

목각은 품속에서 쇠로 만들어진 열쇠 하나를 꺼내 내밀었다.

"여기 있습니다."

진도운은 그 열쇠를 건네받으며 만지작거렸다.

"금역비고는 어디 있소?"

"만금성 밖으로 나가야 합니다."

진도운이 알겠다며 고개를 끄덕이자 목각이 땅을 박차고 제비처럼 튀어 올랐다. 그리고 진도운이 그의 뒤를 따라갔다.

만금성 밖으로 나온 목각은 망루가 지키고 있는 주변 일대를 벗어나고도 한참을 나아갔다. 그러다가 문득 관도 옆에 붙어있는 울창한 숲속으로 들어가더니 숲속 한 가운데에서 멈췄다.

"여기에 비고가 있단 말이오?"

진도운은 주변을 둘러보며 말했다. 이런 곳에 성주만 드나들 수 있는 비밀 창고가 있으리라곤 생각지도 못했다.

"지금부터 제 발이 어느 곳을 치는지 정확히 보셔야 합니다."

목각은 일정한 규칙을 가지고 땅바닥을 발로 찼다. 그렇게 발로 이곳저곳 땅을 두들기자 땅바닥에서 어울리지 않는 쇳소리가 쿵 울리면서 땅이 꺼지고 지하로 내려가는 계단이 나타났다.

"외우셨습니까?"

진도운은 대답 대신 고개를 끄덕였다.

"그럼 이쪽입니다."

거리낌 없이 내려가는 목각을 따라 진도운도 내려갔다. 계단은 나선형으로 쭉 이어졌고 중간 중간 석문이 하나씩 가로막고 있었다.

진도운은 그때마다 목각이 건네준 열쇠로 열고 아래로 내려갔다. 그렇게 문을 여섯 개 정도 통과하고 나서야 계단이 끝났고 그 지점에 새로운 철문이 길을 막고 있었다.

"성주님. 이 문은 열쇠로 열지 않으면 지금까지 내려오면서 열고 들어왔던 석문이 모두 닫히며 지하 전체가 무너져 내릴 겁니다."

진도운은 말없이 고개를 끄덕였다.

"그리고 바닥에서 독이 묻어있는 온갖 암기가 쏘아질 테고 벽에서는 날카로운 병장기들이 튀어나올 겁니다. 그러니 부디 조심해서 문을 열어주십시오."

진도운은 곧장 철문을 열었고 목각은 그 안을 보지 않겠다는 듯 뒤돌았다.

"저는 여기까지입니다."

진도운은 석실 안으로 혼자 들어갔다. 석실 안은 꽤 넓었고 야명주가 틈틈이 박혀 있어서 어둡지도 않았다. 다만 온갖 보물이 들어있을 거란 생각과 달리 석실 안에는 흑단목으로 만들어진 새카만 단함 하나만 덩그러니 놓여 있었다.

진도운은 곧장 그 단함을 들어 뚜껑을 열어보았다. 그러자 손 안에 쏙 들어올 만한 크기의 구슬이 나타났다.

"이게 뭐지?"

진도운은 구슬을 집어 안을 들여다봤다. 안이 훤히 들여다보이는 투명한 구슬이었다.

아무리 석실 안을 둘러봐도 그 구슬 말곤 보이는 것도 없

었다. 그렇다고 비밀 장소가 있는 것처럼 바람이 새는 것도
아니었다. 그래도 비고 안에 있는 구슬이니 진도운은 그 구
슬을 챙겨서 석실 밖으로 나왔다.

"성주님."

진도운이 나오자마자 목각이 말했다. 그는 여전히 석실
안을 보지 않겠다는 듯 뒤돌아있었다.

"그 안에 있는 게 무엇인지 저는 알지도 못할뿐더러 알
아서도 안 됩니다. 그러니 절대로 저에게 말씀하지 말아주
십시오."

"알겠소."

진도운은 그의 태도를 보고 그에게 물어봤자 소용없다는
걸 깨달았다.

비고를 빠져 나온 진도운과 목각은 만금성으로 향하고
있었다. 그런데 도중에 갑자기 목각이 무릎을 꿇고 앉는 게
아닌가? 그에 진도운도 덩달아 발을 멈추었다.

"지금 뭐하는 것이오?"

"저의 임무는 이것으로 끝입니다. 다음 열쇠지기는 성주
님께서 믿을만한 사람에게 맡기시면 됩니다."

목각은 그 말을 끝으로 몸을 부들부들 떨더니 무릎 꿇은
자세 그대로 쓰러졌다. 그리고 그의 입과 코에서 치이이이!
거리는 독기가 뿜어져 나왔다. 아무래도 입에 독단을 물고
있다가 비고가 있는 곳을 벗어나자마자 깨문 듯 보였다.

진도운은 잠시 그 시신을 내려다보다가 몸을 돌렸다. 독기 때문에 그의 시신을 수습할 수가 없었다.

⸭

새로운 성주를 축하하기 위해 즉위식이 끝나고도 연회식이 이틀 동안 연속해서 열렸다. 그리고 3일째 되는 날, 만금성의 사람들은 새로운 성주에 대한 기대감으로 들뜬 마음을 감추지 못한 채 각자의 일터로 돌아갔다.

진도운 역시 그날은 이른 아침부터 장로원을 찾았다. 장로원에는 일찍이 장로들이 모여 회의를 하고 있었고 그 사이에 사평호도 껴있었다. 그는 진도운을 봐도 더 이상 말을 놓지 않았다. 이젠 성주님이라고 꼬박꼬박 부르며 말도 높였다.

장로원으로 들어온 진도운은 자연스럽게 상석에 앉으며 탁자 양옆에 걸쳐 앉아있는 장로들을 쭉 훑어보았다. 그리고 품속에서 서적 한 권을 꺼내 탁자 위에 놓았다. 그 안엔 진도운이 즉위식이 열리기 전에 신환비술을 재정립해서 만든 무공들이 담겨있었다.

"이 서적의 필사본을 만들어서 만금성에 뿌리시오."

이제 성주가 됐으니 장로들을 대하는 말투도 달라졌다. 장로들도 당연하다는 듯 그 말투를 받아들였다.

"이건 무엇입니까?"

사평호가 그 서적을 집어 안을 들여다봤다. 그리고 이내 눈을 부릅떴다.

"이, 이건……."

"다들 신환비술을 수련하고 있으니, 여기에 있는 무공도 무리 없이 잘 받아들일 수 있을 것이오."

신환비술을 바탕으로 만들어진 무공이니 신환비술을 익힌 만금성의 사람들은 큰 무리 없이 익힐 수 있을 것이다.

"앞으로 매일 아침마다 장로원의 회의에 참석할 것이오. 그리고 낮이나 저녁에 놓친 회의는 밤에 따로 보고를 받겠소."

진도운은 거침없이 말을 이어나갔다. 그의 말이 끝날 때마다 장로들은 고개를 숙였다.

"최기산 장로의 후임은 뽑았소?"

그 물음에 탁자 끝에 앉아있는 중년인이 벌떡 일어섰다.

"최기산 장로의 후임으로 오게 된 염철입니다."

"염 장로. 그동안 최기산 장로의 밑에 있었소?"

"그렇습니다."

"돌아가시오. 그대에게 장로직을 맡길 수 없소."

염철은 잠시 멈칫했지만 이내 고개를 숙이며 장로원을 나갔다.

"최기산 장로의 부하들 말고 다른 곳에서 후임자를 고르시오."

"허면, 최기산 장로의 일을 새롭게 가르쳐야 합니다."

"가르치면 될 것 아니오?"

진도운은 단호하게 말했다. 최기산은 서마고와 결탁한 적이 있으니 그의 부하들도 믿을 수 없었다. 그래서 다른 곳에서 후임자를 데려오라 명령을 내렸다. 그럼 그 자는 틀림없이 자신과 가까운 사람들도 데려올 터, 최기산의 부하들은 자연스럽게 도태될 것이다.

'억울해도 어쩔 수 없지.'

진도운은 곧장 고개를 돌려 사평호를 쳐다봤다.

"사 장로."

"예. 성주님."

사평호가 깍듯이 대답했다.

"다른 장로들에게 문파와 관련된 일을 인계 받자마자 알려주시오. 그 뒤로 나도 직접 문파 일에 관여할 생각이니……."

"알겠습니다."

그 뒤로도 진도운은 이것저것 장로원에 명령을 내리고 회의까지 마치고 나서야 장로원을 떠났다.

☒

그날 밤에도 어김없이 사평호는 처소로 찾아와 내공을 녹여주었다. 그는 침을 놓는 내내 자신이 오늘 하루 동안 인계 받은 일을 알려주었다. 그 나름대로 보고를 하는 것이었다. 그리고 오늘 하루치 할당량을 끝내자마자 방 한쪽에 놓여 있는 붉은 등을 뚫어져라 쳐다봤다.

"최기산의 처소에도 항상 붉은 등이 있었습니다."

진도운은 짐짓 미소를 지었다.

"서마고의 자식들이라고 자처하는 놈들이 누군지 가서
만나볼 생각이오."

사평호의 눈빛이 파르르 떨렸다. 하지만 그는 마음 속 깊
은 곳에서 흔들리는 분노를 억누르고 껄껄 웃었다.

"혼자 가셔도 괜찮겠습니까?"

"내가 어디 가서 맞고 올 사람처럼 보이오?"

진도운은 피식 웃으며 말했다.

"누가 만들어준 몸인데, 그 몸 가지고 어디서 맞고 오면
안 됩니다."

사평호는 다시 껄껄 웃으며 말했다. 그는 진도운을 따라
가고 싶었지만 신환성체가 거의 완성되어져 가는 진도운을
자신의 몸으로 쫓아가기에 무리가 있다고 생각했다.

'방해만 되겠지.'

사평호는 씁쓸히 웃었다.

"내가 갔다 올 동안 이곳에서 기다리고 계시오."

성주가 나가는데, 누군가는 자신의 자리에 있어야 했다.

진도운은 사평호를 남겨두고 방 한쪽에 있는 붉은 등을
들고선 밖으로 나갔다. 그러자 처소 밖을 지키고 있던 흑객
들의 시선이 자신에게 쏠리는 걸 느꼈다.

"여기서 기다려라."

그 말에 흑객들은 처소에 달라붙어 꿈쩍도 안했다.

혈아세인술로 몸을 감추고 만금성 밖으로 나온 진도운은 일전에 최기산이 알려준 대로 만금성에 붙어있는 평야를 넘어 그곳에 있는 숲까지 가로질러 나갔다. 그러자 마른 땅 위에 두꺼운 느티나무 한 그루가 떡하니 서있는 게 보였다.

진도운은 등불을 피우며 그 느티나무에 달았다. 그러자 붉은 빛이 한밤에 뜬 달처럼 은은하게 새어나왔다.

'반 시진 안에 나타난다고 했으니, 시간이 좀 걸리겠군.'

진도운은 나무에 등을 기대고 느긋하게 기다렸다. 그 와중에 밤은 깊어만 갔고 어둠은 더욱 짙어졌다. 그럴수록 느티나무에 걸린 붉은 등은 더욱 진하게 빛났다.

사사사삭.

문득 천 자락이 스치는 소리가 들렸다. 하지만 그 소리가 너무나도 희미해서 나뭇잎이 흔들리는 소리에 묻혔다. 웬만한 무위로는 그 소리를 잡아내지 못했을 것이다.

'제법이군.'

귓가에 들어오는 기척의 수는 정확히 서른 명이었고 기척을 죽인 솜씨로 보아 상당한 고수들이었다. 그제야 진도운은 느티나무에서 몸을 떼며 자신이 지나온 숲 반대편에 있는 마른 땅을 주시했다.

바로 그때, 땅을 두들기는 발소리가 사방에서 울리며 진도운이 서있는 느티나무 주위로 사람 그림자가 하나, 둘씩 떨어져 내리더니 그 주변을 완벽하게 감싸 안았다. 그리고 그들은 모두 검은색 무복을 입고선 진도운을 진득한 눈빛으로 노려보고 있었다. 하지만 진도운은 그들의 시선은 무시하고 저 멀리서 혼자 느긋하게 걸어오는 사내를 보았다.

그는 푸석푸석한 마른 땅을 한 걸음씩 밟아가며 여유롭게 걸어왔다. 긴 생머리에 뾰족한 이목구비를 가진 젊은 미남자였다. 그런데 그가 걸을 때마다 얼굴 양 옆으로 떨어져 있는 긴 생머리가 흔들거리며 감춰져 있던 양 볼이 드러났다.

한쪽은 괜찮았다. 그런데 다른 한쪽은 피부가 다 까지고 살이 촛농처럼 축 쳐져서 혹처럼 달려 있었다. 그걸 본 순간 진도운은 일전에 사평호가 한 말을 떠올렸다.

─그놈들은 신환성체도 자기들 입맛대로 바꿨더군. 그런데 그게 뭐가 잘못됐나봐. 그래서 나보고 와서 봐달라는데…….

'저것 때문에 사평호를 찾은 건가?'

진도운은 그 사내를 유심히 쳐다봤다. 확실히 그 사내의 골격은 자신과 비슷한 면이 있었다. 그리고 주변을 둘러싼 자들은 각자 몸 안에 날카로운 기세를 품고 있는 것이 흑객들과 비슷해 보였다. 그렇다고 완전히 똑같진 않았고 묘하게 다른 면이 있었다.

'자기들 입맛대로 바꿨다더니…….'

진도운은 어느새 이 앞으로 다가온 사내를 뚫어져라 쳐

다봤다.

"최기산은 어디 가고 그대가 나와 있는 겁니까?"

"그놈은 지금 나오지 못할 상황이라 내가 대신 왔지."

사내는 실소를 흘렸다.

"이런…… 들킨 모양이군요. 아쉽습니다. 그동안 개새끼처럼 제 말을 잘 들었는데 말이죠."

사내가 주변을 둘러보며 말했다. 그는 아무리 기감을 넓혀 봐도 다른 기척을 느끼지 못했다.

"다른 사람은 없다."

"그런 것 같군요."

"듣기로는 네 놈들이 서마고의 자식들이라던데……."

그 사내가 방긋 웃었다.

"최기산은 정말 입이 가벼운 사람이군요."

"서마고의 자식이라기엔 너무 젊어 보이는데."

"나이는 문제가 아닙니다. 어머니께선 저희들을 직접 자식들로 받아주셨습니다."

그 사내가 서마고를 어머니라 부르자 진도운은 자신도 모르게 피식 웃었다.

"제정신이 아니군."

"물론 믿지 않을 거라 생각했습니다. 하지만 그대도 저희 어머니를 만난다면 생각이 달라질 겁니다."

"이미 죽은 사람을 어떻게 다시 만난다는 거지?"

"저희 어머니는 다시 태어나셨습니다."

진도운은 또 피식 웃었다.

"다시 태어나고 너희를 구원까지 해주는 서마고가 신환 성체 하나 못 만들어서 사평호를 찾고 있나?"

그 말을 들은 사내가 고개를 갸웃거렸다.

"그러는 그대는 누구입니까? 최기산과 사평호에게 모두 말을 들은 거 보면 보통 사람은 아닌 듯 한데……."

"만금성의 주인이다."

사내의 한쪽 눈썹이 꿈틀거렸다.

"그대가 백우결입니까?"

"최기산에게 내 얘기를 들었나보군."

"많이 들었지요."

사내가 씩 웃으며 말을 이었다.

"잘 됐습니다. 그대를 잡아가면 어머니께서 크게 기뻐하실 겁니다."

사내가 손을 들자 주변에 있는 30명의 흑의인들이 허리춤에서 검을 뽑았다. 그리고 그들은 하나같이 검을 내밀며 그 끝으로 진도운을 가리켰다.

"잡아오세요. 목숨만 붙어있으면 됩니다."

성주가 살아만 있어도 만금성에선 쩔쩔 맬 것이다. 그들에겐 하늘처럼 떠받들던 존재니까.

사내는 그런 점을 잘 알고 있었다.

"팔, 다리 같은 거 없어도 상관없습니다. 그런 건 거추장스럽기만 하니 몸통만 가져오세요."

사내의 말이 끝나자마자 사방에서 흑의인들이 검을 들이 밀며 쇄도했다.

쏴아아아!

바람을 가르는 검의 소리가 귓속으로 깊숙이 찌르고 들어 왔다. 그리고 그 순간, 진도운의 몸에서 검붉은 연기가 뿜어지 더니, 그의 몸을 감싸고 사라졌다. 혈아세인술을 펼친 것이다.

진도운이 서있던 자리로 달려든 흑의인들은 한데 뭉쳐서 주변을 둘러봤다. 그리고 그 순간, 흑의인들 사이에서 둥그 런 칼바람이 일어났다.

콰드드드득!

멀쩡히 서있던 흑의인들의 몸이 매서운 칼바람에 휘말리 더니 갈기갈기 찢겨져 나갔다. 마치 칼로 뜬 것처럼 깔끔하 게 떨어져 나간 살점들과 깨끗하게 조각난 뼈들이 허공에 휘날렸다. 한데 뭉쳐 있던 30명의 흑의인들 중에 10명의 흑의인들이 그렇게 사라졌다.

그리고 수백 조각으로 갈가리 찢겨진 시체 조각들이 땅 에 떨어지며 하얀 연기를 토해냈다. 그것은 천목수의 3초 식, 천목권이 남기고 간 잔혹한 흔적이었다.

나머지 20명의 흑의인들은 얼굴에 긴장감이 돌았다. 여 전히 진도운의 모습이 보이지 않았기 때문이다. 그들은 바 짝 기세를 세우며 주변을 경계했다.

"……!"

20명의 흑의인들은 돌연 눈을 뜨며 사방팔방 흩어졌다.

그들이 뭉쳐있는 한 가운데에서 진도운의 신형이 솟아났기 때문이다.

파지지직!

천둥처럼 살기가 번뜩이며 진도운의 전신을 휘감았다. 그리고 동시에 진도운이 자신에게서 멀어져 가는 흑의인들을 향해 몸을 날렸다.

푸욱!

비호처럼 날아든 진도운의 팔이 창처럼 쭉 뻗어가 한 흑의인의 등을 꿰뚫었다. 그리고 그 흑의인의 가슴 앞으로 튀어나온 진도운의 손 안에는 잘게 부서진 뼛조각과 처참하게 일그러진 내장 조각이 쥐어져 있었다.

마침내 귀살류의 5초식인 비구(備究)가 그 포악한 모습을 드러낸 것이다.

진도운이 손을 빼자 가슴팍에 구멍이 난 흑의인의 시체가 땅으로 무너졌다. 그리고 그는 손을 쫙 펴서 잘게 부서진 뼈조각과 내장 조각들을 땅바닥에 뿌렸다. 그 순간 흑의인들 사이에 일시간의 침묵이 찾아왔다. 그들은 뭐에 홀리기라도 한 것처럼 진도운의 손끝에서 떨어지는 뼛조각과 내장조각들을 쳐다보고 있었다.

"뭐하고 있습니까? 한 번에 달려드세요."

가만히 지켜보던 사내가 한 마디 내뱉자 멍하니 쳐다보기만 하던 흑의인들이 일제히 달려들었다. 어느새 그들의 눈빛은 원래대로 돌아와 살벌한 기세를 뿌리고 있었다.

진도운은 가장 먼저 앞서 달려드는 흑의인을 향해 몸을 날렸다. 그러자 그 흑의인이 팔을 쭉 뻗으며 검을 앞으로 찔러 넣었다.

콰득!

몸을 옆으로 빼며 검을 피해낸 진도운은 흑의인이 내뻗은 손목을 잡고 비틀었다.

"끄아악!"

그 흑의인의 몸이 확 꺾여버린 팔을 따라 뒤틀렸다. 그리고 진도운은 그 흑의인의 손에서 검을 뺏었다.

푹!

진도운은 뺏은 검을 그대로 흑의인의 목에 찔러 넣었다. 그런데 그 순간, 한 인영이 진도운의 다리 아래로 불쑥 들어왔다. 그 인영은 단숨에 진도운의 지척까지 파고들어 무릎으로 진도운의 허벅지를 쬐었다.

후욱!

하지만 그 무릎은 괜한 허공만 스치고 지나갔을 뿐, 진도운의 신형은 그 자리에서 사라지고 멀리 뒤에서 나타났다.

"들켰네요."

방금 전까지 진도운이 서있던 자리에서 사내가 멋쩍게 웃으며 말했다.

"쥐새끼처럼 잘도 피하십니다."

진도운은 피식 웃었다.

"쥐새끼 같은 건 너지. 뒤에서 보고 있다가 부하들을 앞

세워서 몰래 기습한 게 누군데."

"그건 별로 듣기 좋은 말이 아니군요. 그냥 무식하게 달려들지 않고 틈이 보일 때까지 기다린 똑똑한 행동이라고 하죠. 그런데……."

사내가 하얀 이를 드러내며 말을 이었다.

"그대 몸이 어딘가 저와 비슷해 보입니다."

"……."

진도운은 말없이 노려보기만 했다. 그런데 사내의 얼굴에 환희에 찬 표정이 떠올랐다.

"그대도 나와 같은 신환성체군요."

"같진 않지."

진도운은 단호하게 말했다.

"맞아요. 같진 않죠. 우리도 더 이상 신환성체라고 부르지 않으니까요."

"그럼 뭐라고 부르지?"

"저 같이 어머니의 자식으로 받아들여진 사람을 서피인(棲皮人)이라 합니다."

사내는 주변에 있는 흑의인들을 가리키며 말을 이어갔다.

"저들은 지골인(地骨人)이죠. 안타깝게도 저들은 어머니의 자식이 되지 못했습니다."

"구원을 못 받았군."

"그런 셈이죠. 그래서 저희 같은 서피인들의 하인 노릇이나 하는 겁니다."

진도운은 그 사내를 똑바로 바라보며 기세를 살폈다. 확실히 그는 주변에 있는 지골인들보다 강해보였다. 그리고 무엇보다 그 사내의 몸은 자신의 신환성체와 닮은 구석이 있었다.

사내는 땅에 떨어져 있는 검을 집으며 빙글빙글 돌렸다.

"저는 항상 신환성체와 붙어보고 싶었습니다."

"……."

"궁금했거든요. 서피인과 신환성체, 둘 중에 어느 몸이 더 뛰어난지 말입니다."

"결국엔 서피인의 뿌리도 신환성체가 아닌가?"

"우리는 우리 식대로 신환성체를 바꾸었습니다. 그래서 기존의 것과는 비교도 할 수 없을 정도로 우월해졌죠."

진도운은 피식 웃었다.

"그래서 얼굴이 그 모양인가?"

사내가 방긋 웃는 얼굴로 뺨을 씰룩거렸다.

"말을 조심하셔야 합니다. 그래야 오래 살아요."

"서마고가 얼마나 무능하면 그 몸뚱이 하나 제대로 못 만들고 이리 애타게 사평호를 찾는 거지?"

사내가 갑자기 땅을 박차고 달려들며 주먹을 내질렀다.

퍼억!

진도운은 그 주먹을 정면에서 한 손으로 잡았다. 그런데 그 주먹을 잡은 손바닥이 얼얼하게 달아올랐다.

"내가 말조심하라 그랬지."

사내는 곧장 발을 들어 올리며 진도운의 배를 노리고 쭉

110

뻗었다.

후우우!

그의 발길질에서 일어난 바람이 맹렬히 회전하며 진도운의 배를 찍었다. 하지만 진도운의 몸이 옆으로 쏙 빠지며 그 발길질을 피했고 동시에 진도운은 발을 내밀어 사내의 발목을 걸어 넘겼다.

퍼억!

한쪽 발을 들고 있던 사내의 몸이 물레방아처럼 한 바퀴 돌며 허공으로 떠올랐다. 그리고 사내가 한 바퀴 돌면서 떨어질 때 진도운은 그 사내의 몸을 어깨로 들이 박았다.

퍽!

사내의 몸이 실이 끊어진 연처럼 날아갔다. 그런데 허우적거리듯 손발을 휘젓던 사내의 몸이 땅에 떨어질 땐 두 발로 안전하게 착지하는 것이 아닌가? 그리고 그는 땅에 발을 딛자마자 다시 달려들었다.

그는 단숨에 진도운과의 거리를 좁히며 양 손을 떨쳤다.

파파파파팟!

허공을 휩쓸며 무차별적으로 늘어난 손 그림자가 파도처럼 진도운을 덮쳤다. 신환방의 무공 중 하나인 수도비장(輪道秘掌)이었다.

'다르군.'

진도운은 신형을 뒤로 한껏 물리며 전방을 가득 채운 손 그림자를 쳐다봤다. 그것은 신환비술에 적혀 있는 수도비

장과 달리 상대를 죽이려는 거센 살기와 상대를 현혹하는 변화가 가득 담겨 있었다.

사내는 계속 거리를 좁히며 수도비장을 연거푸 펼쳤다. 수많은 손 그림자가 한데 뭉쳐서 파도처럼 덮쳐오다가 돌연 둘로 갈라져 진도운의 양 옆구리를 찔렀다.

하지만 진도운은 신표혈리술을 펼치며 오히려 앞으로 성큼 달려 나갔다. 단숨에 사내의 품속으로 파고들며 사내의 얼굴을 한 손으로 움켜쥐었다. 그리고 냅다 땅바닥에 꽂았다.

콰앙!

사내의 몸이 쳐 박힌 땅에서 가뭄이 일어난 것처럼 금이 쩌어억 갔다.

파지지직!

뒤이어 진도운은 귀살류를 펼치며 사내의 얼굴에 귀살류의 살기를 쏟아 부었다.

"크어어어억!"

사내가 미친 듯이 몸부림치며 비명을 질렀다.

"크윽, 크, 끄으……"

사내는 자신의 얼굴을 잡고 있는 진도운의 팔을 양손으로 잡았다. 하지만 팔에 흐르고 있는 귀살류의 살기에 불에 데인 것처럼 황급히 손을 뗐다. 결국 그 사내는 허공에 팔다리를 허우적거리며 얼굴로 쏟아지는 귀살류의 살기를 정통으로 맞았다.

파직, 지직.

진도운은 살기를 거둬들였다. 그제야 미친 듯이 몸을 떨던 사내의 움직임도 잦아들었다.

"......."

그리고 순식간에 고요가 찾아왔다. 주변에서 지켜보던 지골인들도 입을 꾹 닫고 지켜보기만 했다. 방금 전까진 자신들이 끼어들 틈이 없어서 가만히 있었지만 지금은 진도운의 손에 사내가 잡혀있어서 함부로 움직일 수 없었다.

사내의 몸과 자신의 몸은 많은 게 달랐다. 내공의 깊이부터 지니고 있는 무공까지, 꽤 많은 것이 달랐다. 그리고 이 사내의 몸은 수백 년 전의 신환성체를 바탕으로 만든 몸이다. 그러니 지금까지 꾸준히 발달해온 자신의 신환성체와는 격차가 있었다. 그래서 진도운은 이 사내의 몸을 볼 때마다 어설픈 모조품처럼 느껴졌다. 하지만 이 사내가 제대로 된 내공과 무공을 갖췄다면 지금처럼 쉽게 패하지는 않았을 것이다.

진도운은 사내의 얼굴에서 서서히 손을 뗐다. 그러자 사내가 멍한 얼굴로 입을 열었다.

"그대와 나의 차이는 단순히 신환성체와 서피인의 차이로 설명할 수 없을 것 같습니다. 그것 말고도 많은 차이가 있군요."

"그래. 꽤 많은 게 차이나지."

진도운은 조소를 지으며 말을 이었다.

"너 말고 다른 자식들은 어디 있는 거지? 그리고 서마고는?"

"제가 그걸 말할 것 같습니까?"

고개를 바짝 치켜들었던 사내가 돌연 모든 걸 포기한 듯 깊은 한숨을 내쉬었다.

"그런 걸 발설하느니 차라리 이대로 죽겠습니다."

그 순간, 사내의 근육이 출렁거리며 사내의 전신에서 무지막지한 기운이 솟구쳐 올랐다.

찌릿찌릿.

가까이에서 그 사내가 쏟아내는 기운을 정면으로 맞은 진도운은 몸 전체를 억누르는 엄청난 압력을 느꼈다. 헌데 그런 무시무시한 내공을 뿜어내는 사내의 눈에서 점점 빛이 사라져 갔다. 그리고 그의 몸에서 넘쳐나는 기운과 달리 그의 눈에서 보이는 생기가 급격히 줄어들었다.

파지지직!

뭔가 심상치 않은 걸 느낀 진도운은 곧바로 신표혈리술로 몸을 날리며 동시에 귀살류까지 펼쳤다.

바로 그때, 사내가 두 손을 모아 자신의 지척으로 파고드는 진도운의 머리를 내려쳤다.

퍼억!

진도운은 왼팔을 들어 사내의 공격을 막음과 동시에 오른 손으로 귀살류의 비구를 펼쳐서 사내의 왼쪽 가슴을 꿰뚫었다. 그런데 그 순간 왼팔 전체를 울리는 충격에 진도운의 눈동자가 확장됐다.

"끄으……."

사내의 몸에서 흘러넘치던 기운이 마치 다 타버린 촛불

114

처럼 꺼졌다.

진도운은 그제야 사내의 몸에서 자신의 오른 손을 뺐다. 그 오른 손엔 걸레짝처럼 너덜너덜해진 심장이 여러 조각으로 잘려 있었다. 하지만 진도운은 굳은 얼굴로 자신의 왼쪽 팔뚝을 쳐다봤다. 그 팔뚝은 멍이 든 것도 모자라 뼛속까지 아렸다.

진도운은 꽤 놀란 듯 동그랗게 뜬 눈으로 자신의 팔뚝을 바라봤다. 그러다가 문득 주변에서 흑의인들이 분주하게 움직이는 걸 느끼고 땅바닥에서 떨어져 있는 검 한 자루를 집었다. 그리고 그대로 신표혈리술을 펼쳤다.

휘이이이.

매섭게 달려드는 흑의인들 사이로 기이한 바람 소리가 파고들었다. 그리고 그 소리 뒤에 소름끼치도록 깔끔한 핏줄기가 따라붙었다.

서걱!

한 흑의인의 몸이 돌연 앞으로 고꾸라지며 머리는 반대로 툭 튀어 올랐다. 머리와 몸이 따로 분리된 것이다. 다른 흑의인들도 마찬가지였다. 그들 사이로 한 줄기의 바람이 스치고 지나가면 어김없이 몸은 땅으로 떨어졌고 머리는 허공으로 솟구쳤다.

이십 명 가까이 되는 흑의인들을 훑고 지나간 바람 한 줄기가 다시 제자리로 돌아왔다. 그리고 그 바람 속에서 진도운이 핏물이 맺혀있는 검을 들고 나타났다.

투투투투투둑.

뒤늦게 수많은 머리들이 땅에 떨어지는 소리가 들렸다.

이제 멀쩡히 서있는 흑의인들은 단 한 명도 없었다.

진도운은 눈앞에서 가슴에 구멍에 뚫린 채 널브러져 있는 사내의 시신만 쳐다봤다. 그는 시신을 한참을 바라보다가 수중의 검을 버리고 사내의 시신을 한쪽 어깨에 올렸다. 그리고 만금성을 향해 몸을 돌렸다.

‡

진도운의 처소 안에 앉아있던 사평호는 진도운이 돌아오자마자 벌떡 일어섰다. 그리고 진도운이 방바닥에 내려놓는 시신을 따라 눈을 움직였다.

"이 놈도 서마고의 자식입니까?"

"본인 말로는 그렇다고 하오. 처음 보시오?"

"처음 봤습니다."

"그렇소?"

진도운은 별로 놀라지 않는 눈치였다. 그는 처음부터 이 사내 혼자만 있을 거라 생각하지 않았기 때문이다. 이 사내 혼자였다면 만금성을 노리기는커녕 신환방도 건들지 못했을 것이다.

"그놈들이 한두 명도 아니고 분명히 제가 못 본 놈들이 있을 겁니다. 이놈도 그 중에 한 명이겠죠."

진도운은 고개를 끄덕이며 대충 눈에 띄는 의자에 앉았다. 그리고 턱으로 그 시신을 가리켰다.

"그 자의 몸에서 갑자기 엄청난 기운이 뿜어졌소. 그런데 그때 그 자의 눈에 비치는 생기는 줄어들었소."

"그렇습니까?"

"혹시 사 장로가 뭘 알아볼까 싶어서 그 시신을 가져왔소."

사내의 시신을 훑어보던 사평호는 고개를 절레절레 저었다.

"안타깝지만 이 시체로 알아낼 수 있는 게 많지 않습니다. 먼저 방금 성주님께서 말씀하신 현상은 아무래도 온몸에 있는 생명력을 쥐어짜내서 일시적으로 기운을 증폭시켜서 나타난 현상입니다."

"그런 것 같소."

"문제는 이 수법을 한 번 펼치고 나면 중간에 멈출 수가 없습니다. 여기 보시면 사내의 몸이 수축되고 있지요?"

사평호가 시신을 가리키며 말했다. 그의 말대로 사내의 시신은 점점 쪼그라들고 있었다.

"이미 죽었는데도 불구하고 이 시신은 계속해서 망가지고 있습니다. 근육이 줄어드는 것도 모자라 끝내 문드러지기까지 하죠. 이것만 봐도 한번 펼치면 중간에 멈출 수 없단 걸 알 수 있습니다."

진도운은 넝마처럼 몸이 너덜너덜해진 사내의 시신을 흘겼다. 그리고 마지막에 그 사내가 뿜어냈던 내공을 떠올렸다.

117

"별 이상한 수를 다 쓰는군."

진도운은 기묘한 미소를 지으며 혼잣말을 했다.

"남아있는 골격만 보면 그래도 신환성체를 제법 흉내 낸 것 같습니다."

"나도 그리 생각하오."

"하지만 내공은 이들이 상당히 뒤쳐졌을 겁니다. 오래전에 서마고가 본방의 신환성체를 물려받을 때는 혼원신단이 이론상으로만 존재했죠. 문제는 혼원신단이 이론을 안다고 만들 수 있는 게 아니란 겁니다."

진도운은 일전에 백우결의 몸에 남아있는 기억 속에서 사평호가 혼원신단에 대해 말하는 걸 떠올렸다.

'혼원신단을 억지로 먹이면서 무한의 내공을 얻는다고 말했었지.'

진도운은 그제야 알겠다는 듯 고개를 끄덕였다.

"저들의 내공이 나보다 뒤쳐진 이유가 혼원신단의 차이었소?"

"그렇습니다. 혼원신단은 본방이 수백 년 간 심혈을 기울여 만든 영약입니다. 그런데 이들이 어찌 혼원신단을 가질 수 있겠습니까?"

"……."

"그러니 이런 괴상한 수법을 쓰면서 내공을 늘렸던 것 같습니다. 문제는 그게 지들 목숨을 갉아먹는 수법이라 그렇지……."

그 말에 진도운은 자신도 모르게 피식 웃었.

'내공이 받쳐주지 않으면 신환성체도 제 위력을 발휘하지 못하지.'

진도운은 일전에 송표기와 부딪히면서 그 사실을 절실히 깨달았다.

"그래서 이들은 생명력을 깎고 내공을 늘리는 어리석은 방법을 택한 것 같습니다."

"처음부터 이 자가 그런 수법을 쓴 건 아니었소. 나에게 제압당하고 나서 그런 수법을 쓰더이다."

그래서 진도운은 본능적으로 그 사내를 죽여 버렸다.

"이 몸이면 꽤 오랫동안 그 수법을 유지할 수 있었을 겁니다. 하지만 아까도 말했듯이 한 번 펼치고 나면 죽는 수법이라 아마 자신이 죽으면서 성주님도 같이 죽이려고 했던 것 같습니다."

사평호는 사내의 시신을 툭툭 치며 말했다.

"그들은 흑객과 비슷한 자들도 만들었소."

"껄껄. 본방의 모든 걸 가져갔으니 흑객도 당연히 있겠지요."

사평호는 쓸쓸하게 웃으며 말했다.

"그런데 흑객을 닮은 놈들은 이 자처럼 자신의 생명력을 갉아먹는 그런 기괴한 수법은 쓰지 않았소."

"흑객의 몸이 대단한 건 맞지만 그렇다고 신환성체처럼 튼튼하진 않습니다. 흑객의 몸으로 그런 수법을 썼다간 곧바로 생명력이 고갈되고 그 자리에서 고꾸라졌을 겁니다."

한 마디로 흑객의 몸으론 그런 수법을 버텨낼 수 없다는 소리였다.

"만약 저들이 내공을 갖춘다면 내 몸처럼 강해질 수도 있단 소리요?"

사평호가 고개를 끄덕였다.

"충분히 가능성이 있는 얘기입니다. 하지만 성주님께서 한 가지 잊고 계신 점이 있습니다."

"그게 무엇이오?"

"지금 이 몸이 엉망이 돼서 알아내지 못했지만 이들의 몸에는 심각한 부작용이 있습니다. 그러니 본방의 제자들을 죽이면서까지 저를 원했던 게 아니겠습니까?"

"그 부작용이 뭔지에 따라 달라지겠구려."

사평호가 고개를 끄덕이며 시신의 한쪽 볼을 가리켰다. 피부가 다 까지고 살점이 축 흘러내린 쪽이다.

"아무래도 이 부분이 어떤 부작용 때문에 일어난 현상 같습니다만……. 지금 이 시신으론 확언하기 어렵습니다."

사평호가 자리에서 일어나며 말을 이었다.

"혹시 모르니 이 시신을 가져가서 좀 더 살펴보겠습니다."

"그리 하시오."

진도운의 허락이 떨어지자 사평호가 시신을 들고 밖으로 나갔다.

天流鬼� part of the image

9장. 구현회

9장. 수련회

그 뒤로 사평호는 장로 회의가 끝나면 그 사내의 몸을 연구하기 위해 부리나케 달려갔다. 그리고 그 와중에 틈틈이 문파와 관련된 일을 인계받고 또 밤이면 찾아와 내공을 녹여주었다. 하지만 그렇게 며칠 동안 각고의 노력을 쏟아 부었는데도 불구하고 사평호는 그 사내의 시신에서 더 이상 알아낸 게 없었다. 사내의 몸이 너무나도 많이 망가졌기 때문이다.

그동안 장로원에선 최기산 장로의 후임도 정해지고 새로운 성주에 맞춰 만금성이 새롭게 나아갈 방향을 잡고 있었다. 그 중에서 만금성이 문파로 전환하는 일은 이미 백성수 때부터 수십 년 간 준비해온 일이니 기본적인 요건은 다 갖추고 있었다. 게다가 문파에 대해선 경험이 많은 진도운과 사평호가 있어서 어렵지 않게 문파의 체계를 잡아갈 수 있었다.

먼저 진도운은 327명의 흑객들을 30명씩 한 부대로 만들어서 총 10부대로 나누었다. 그리고 만금성 주변에 있는 망루에 그들을 배치했다. 경계는 문파에서 가장 중요한 것이니 만금성에서 가장 무위가 뛰어난 자들을 배치한 것이다. 그리고 흑객들로 하여금 망루에 있지 않을 때는 자신이 새롭게 정립한 신환비술의 10가지 무공을 수련케 하였다.

또 진도운은 백성수 때 추려놓은 인재들에게 온갖 약초와 병장기가 들어있는 창고들을 개방해서 아낌없이 지원해 주었다. 그들은 그 든든한 지원 속에 진도운이 새롭게 정리한 신환비술의 무공을 매일매일 수련했다. 그리고 그들이 재능을 보이는 무공에 따라 그들을 나누어서 새롭게 조직을 만들었다. 그렇게 만금성 전체가 문파로 탈바꿈되기 위해 하루하루 달라지고 있었다.

하지만 모든 것이 매끄럽진 않았다. 보통 만금성의 일은 장로들마다 세분화 돼서 각자 맡고 있지만 세분화 하지 못하는 일이 하나씩 있었다. 그런 경우 장로들마다 의견이 달라서 쉽게 결론이 나지 않았다. 그중 하나가 만금성의 처세였다.

그동안 만금성이 이 험난한 무림에서 지금처럼 클 수 있었던 이유는 오직 하나였다. 그들은 여느 상단이나 전장처럼 백도나 흑도에 속하지 않고 딱 중심에서 양쪽 모두에 자금을 지원했다. 그렇다고 모든 문파에 자금을 지원한 건 아니었고 중원에 영향을 끼칠 만한 대문파들에게만 자금을 지원했다.

물론 양측에서도 그 사실을 알고 있었다. 만금성에서 일부러 그 사실을 흘렸기 때문이다. 그것은 여차하면 자금을 끊고 반대편에 붙겠다는 만금성만의 경고였다. 그래서 백도와 흑도는 혹시나 만금성이 서로 반대편에 붙을까봐 만금성을 건들지 못했다.

하지만 이제 만금성이 문파가 된다면 많은 것이 달라진다. 가만히 그들의 돈을 지원받던 대문파들도 더 이상 지켜만 볼 수는 없는 입장이 된 것이다. 문파가 된다는 건 둘 중의 하나를 택해야 한다는 뜻이니까.

더군다나 만금성은 문파로써 걸을 길을 새롭게 만들려고 했다. 만약 이 사실이 알려진다면 흑도와 백도, 양쪽에서 집중 공격을 받을 건 뻔했다. 아무리 만금성이라도 무림 전체를 상대로 싸울 순 없는 법, 그러니 장로들 사이에서도 만금성의 입장을 어떻게 대변할지 말이 많았다. 그리고 그 얘기가 나오면 항상 결론을 내지 못하고 흐지부지하게 끝났다.

오늘도 똑같았다. 별 다른 결론 없이 다음 안건으로 넘어갔다.

"구현회에서 이번에 열리는 연회에 참석하라는 초대장을 보내왔습니다."

만금성은 보통 이런 대외 활동에 적당한 축의금을 보내고 사람은 보내지 않았다. 그런데 이번에는 예상지 못한 걸림돌이 있었다.

"평소대로 축의금만 보내려고 했는데, 저번에 구현회 쪽 사람이 전대 성주님을 구해준 게 있어서 마냥 무시할 순 없을 것 같습니다."

그 말을 들은 진도운의 눈빛이 번쩍 빛났다.

'잊고 있었군.'

그동안 만금성에 신경 쓰고 있느라 구현회를 잊고 있었다.

'서마고의 자식들에게 습격 받은 백성수를 구해준 게 구현회의 사람이었지.'

진도운은 잠시 말없이 머리를 굴렸다.

"연회는 구현회가 창설된 지 300년이 된 걸 기념하는 자리입니다. 그래서 본성을 포함 중원 각 지역의 유명 인사들은 모두 초청을 받았습니다."

"제법 성대하게 여는 것 같습니다."

다른 장로가 옆에서 말을 거들었다.

"구현회 측에서 우리를 꼭 참석하라고 부른 것이오?"

진도운이 묻자 그 안건을 낸 장로가 고개를 끄덕였다.

"그렇습니다. 구현회 측에서 전대 성주님을 도와준 걸 언급하면서 꼭 와줬으면 한답니다."

진도운은 쓴웃음을 지었다.

"아버님의 목숨을 구해줬는데 어찌 재물로 끝낸단 말이오?"

"직접 가실 생각입니까?"

차분하게 회의를 지켜보던 공길건이 옆에서 물어왔다.

"공 장로가 가시오. 그리고 나도 따라가겠소."

진도운이 직접 가겠다는 말에 장로들의 얼굴에 동요하는 기색이 떠올랐다.

"성주님. 아무리 그래도 직접 가실 필요가 있겠습니까?"

공길건이 걱정스럽다는 듯 표정을 지으며 말했다. 지금까지 만금성은 모든 걸 철저히 은폐해서 움직였다. 그런데 성주가 직접 움직이겠다는 건 그 전통을 정면으로 깨는 일이었다.

"구현회에 공 장로가 가는 걸로 알리시오. 나는 내 신분을 감추고 따라가겠소."

어차피 만금성 밖에 있는 사람들은 성주가 바뀌었는지, 그리고 그 바뀐 성주가 자신인지 모르고 있었다. 그러니 신분을 감춘다면 알아볼 일도 없을 것이다.

"혹 이번 연회에 백선문도 초대 받았소?"

"이번에도 구현회는 백선문을 배제했습니다. 특이한 건 호남성 쪽 사람들도 초대장에서 제외 당했습니다."

진도운은 고개를 갸웃거렸다. 구현회가 백선문을 좋아하지 않는다는 건 익히 알고 있었지만 호남성 쪽은 특별히 구현회와 얽힌 일이 없기 때문에 이해가 되질 않았다.

"그쪽은 왜 제외 당했소?"

"최근 호남성에서 불미스러운 일이 발생한 뒤로 서문세가에서 정무회라는 새로운 단체를 설립했습니다. 그리고 그 단체가 지금 무섭게 크고 있는 중이라……."

"견제를 하는 거구려."

"그렇습니다. 그래서 본성의 사람을 꼭 와달라고 하는 것도 무림에 자신들이 얼마나 영향력이 있는지 알리려는 속셈도 있는 것 같습니다."

진도운에겐 다행이었다. 서문세가의 사람들이 오지 않는다면 자신을 알아볼 사람이 없을 지도 모른다.

아침 회의가 끝나고 장로원 밖으로 나온 진도운의 옆으로 사평호가 따라붙었다.

"성주님."

"왜 그러시오?"

"구현회에 가시려는 이유가 전대 성주님을 구해줬다는 그 소저 때문입니까?"

진도운은 고개를 끄덕였다.

"이상하지 않소? 아버님은 소수에게만 알리고 만금성을 떠났소. 그런데 그곳을 우연히 지나가다가 구해줬다는 건……."

"수상한 일입니다."

"서마고의 자식들과 관련이 있을 지도 모르오. 어쩌면

아닐 수도 있고. 그걸 확인하는 방법은 직접 만나보는 수밖
에 없소."

사평호가 표정을 굳히며 고개를 끄덕였다.

"그 소저의 이름은 이세연입니다. 구현회 회주의 여식이
죠."

진도운은 그 이름을 들어본 적이 있었다.

"백도의 꽃이라 불리는 소저가 아니오?"

"그렇습니다."

진도운은 묘한 표정을 지었다.

"재밌구려. 서마고와 연관되어 있을 지도 모르는 사람이
서마고처럼 아름다운 얼굴로 유명한 사람이라니."

사평호도 동의하는 듯 고개를 끄덕였다.

그날 밤, 문세철 장로가 처소로 찾아왔다. 그는 최기산의
뒤를 이어 이번에 새롭게 장로가 된 인물로 만금성에서 입
이 무겁기로 유명한 사람이었다.

"성주님께서 이렇게 늦은 밤에 저를 찾으시는 이유
가……."

문세철은 진도운의 맞은편에 앉자마자 말했다. 그에 진
도운은 짐짓 미소를 지었다.

"최기산 장로의 일을 모두 인계 받았소?"

"아직 몇 가지 남은 부분이 있지만 그것도 내일 안으로
끝날 것 같습니다."

진도운은 다행이라는 듯 고개를 끄덕였다.

"그대가 해줄 일이 있소."

"말씀 하시지요."

"만금성 밖에 있는 땅을 모두 팔아서 재물로 바꿔 오시오."

전혀 예상지 못한 명령에 문세철은 머뭇거렸다.

"갑자기 그런 명령을 내리시는 이유를 여쭤 봐도 되겠습니까?"

"누군가 만금성을 노리고 있소."

"......!"

문세철이 눈을 부릅떴다. 그리고 이내 눈동자를 파르르 떨었다.

"어떤 놈들이 만금성을 노린단 말입니까?"

그는 한껏 격양된 목소리로 말했다.

"아직 그들의 실체를 모르겠소."

"다른 장로들도 알고 있습니까?"

"아직 모르오. 하지만 조만간 말할 생각이오."

문세철이 심각하게 표정을 굳힌 채 고개를 끄덕였다.

"알겠습니다."

"내가 중원에 있는 만금성의 땅을 팔라 한 이유는 최기산 장로가 그들과 결탁했다는 혐의가 있기 때문이오."

문세철은 믿을 수 없다는 듯 입을 쩍 벌렸다.

"그, 그게 정말입니까?"

만금성은 다른 상단을 내세워서 중원에 있는 만금성의 땅을 관리했다. 그러니 그 땅을 담당해온 최기산 장로가 배신을 했다는 건 차명으로 관리해오던 땅이 노출됐다는 것이나 마찬가지였다.

"그렇소. 그러니 하루라도 빨리 땅을 정리하시오."

"알겠습니다."

문세철은 고개를 숙이며 자리에서 일어났다. 그리고 그가 나가자 혼자 남은 진도운은 품속을 뒤적거려 안이 훤히 들여다보이는 투명한 구슬을 꺼냈다.

'아직도 모르겠군.'

분명 성주만 아는 비고에 있었던 거 보면 중요한 물건임이 틀림없었다. 문제는 아무리 살펴봐도 쓰임새를 모르겠다는 것이다. 혹시나 구슬에 내공을 넣어봤지만 구슬에선 별 다른 반응이 없었다. 그렇다고 다른 사람에게 물어봤다가 괜히 의심만 살 것 같기도 했고 또 아는 사람도 없을 것 같았다. 다른 사람이 성주만 알고 있는 비고의 물건을 알 리 없지 않은가?

진도운은 오늘도 구슬을 만지작거리며 사평호가 오길 기다렸다. 그리고 사평호가 오면 다시 구슬을 집어넣고 침을 맞을 준비를 했다. 그럼 사평호는 자신의 몸에 침을 놓으며 그동안 인계받은 문파의 일을 보고했다.

"……."

침을 맞고 누워있던 진도운이 돌연 눈을 동그랗게 떴다.

단전 안에 있는 내공이 더 이상 바깥으로 흘러나오지 않았기 때문이다. 물론 시간이 지날수록 단전 안의 내공은 녹고 있었으나 마치 몸 안에 있는 내공이 꽉 찬 것처럼 더 이상 흘러나오지 않았다.

뒤늦게 사평호가 침을 빼자마자 진도운은 방금 자신이 느낀 것을 말해주었다. 그러자 사평호가 껄껄 웃었다.

"단전 안에서 나오지 않는다고 해서 그 내공을 못 쓰는 건 아닙니다. 성주님의 의지대로 얼마든지 끄집어 낼 수 있습니다."

그의 말이 맞았다. 단전 안에서 녹은 내공을 밖으로 빼내자 자연스럽게 경락을 타고 내공이 흘러나왔다. 그리고 그 순간, 몸 안에서 운용되던 청천백혼공이 극성에 달하는 걸 느꼈다.

마치 스스로가 바다가 돼서 온 세상을 다 품을 수 있을 것처럼 느껴졌다. 그리고 온몸에서 맑고 정순한 기운이 은은하게 흘러나와 가만히 앉아있어도 현묘한 기운이 넘쳐 흘렀다. 그것은 청천백혼공이 극성에 달할 때나 나타나는 현상이었다.

진도운의 몸에서 일어난 변화를 감지한 사평호가 잠시 눈을 멍하게 떴다.

"이제 막바지에 접어들었습니다. 며칠만 더 하면 신환성체가 완성 될 겁니다."

"알겠소."

흡족한 미소를 짓고 있는 진도운과 달리 사평호는 심각하게 표정을 굳혔다.

"이번에 구현회에 가실 때 제가 따라가는 게 낫지 않겠습니까? 아직 다른 장로들은 모르고 있으니……."

"그동안 서마고의 자식들이 사 장로를 건들지 못했던 이유가 만금성 때문이 아니오? 그런데 사 장로가 만금성 밖으로 나간다면 그들이 가만히 있겠소?"

만금성 내부만큼 안정적인 곳도 없었다.

"그리고 내가 없는 동안 사 장로가 문파로 전환되는 일을 도맡아서 해줘야 하오."

"문파로 전환시키는 일을 너무 서두르시는 것 같습니다."

그의 말대로 진도운은 성주가 되자마자 만금성을 문파로 바꾸는 일에 박차를 가했다. 그 이유는 오직 하나였다. 혹시나 송표기를 붙잡은 혁련굉이 자신의 정체를 알고 쳐들어올 수도 있으니 그에 대한 대비를 했던 것이다.

"아버지의 유지를 이어받고 싶었을 뿐입니다."

진도운은 거짓말을 했다. 그런데 사평호가 그 말에 수긍을 하고 고개를 끄덕였다.

"하긴, 성주님에겐 어머니 되시는 분이 그런 일을 당했으니……."

"……."

진도운의 눈동자가 흔들렸다.

'만금성을 문파로 바꾸려는 계기가 따로 있던 건가?'

지금까지 백성수가 만금성을 문파로 바꾸려는 이유를 모르고 있었다. 그저 자신이 문파를 원해서 만금성을 문파로 바꾸겠다고 한 줄 알았다.

'어떤 일이 있던 거지?'

하지만 물을 수 없었다. 그랬다간 자신이 백우결이 아님을 밝히는 꼴이나 다름없었다.

"다들 성주님이 새롭게 정립하신 신환비술의 무공들을 열심히 수련하고 있습니다."

백성수가 성주로 있을 때부터 만금성의 사람들은 신환방의 무공을 익히고 있었다. 그것만 봐도 백성수는 이미 오래전부터 만금성을 문파로 바꿀 준비를 하고 있었단 걸 알 수 있었다. 아무튼 그 덕분에 진도운은 생각보다 빠른 시일 내에 그 일을 마칠 수 있을 것 같았다.

"이제 체계는 다 갖췄습니다. 이대로 성주님께서 새롭게 정립한 본방의 무공만 새롭게 익힌다면 문파로 전환하는 일도 끝을 볼 것 같습니다."

"알겠소."

진도운은 고개를 끄덕였다.

"껄껄. 그럼 저는 이만 나가보겠습니다."

"사 장로."

"왜 그러십니까?"

사평호가 자리에서 일어나다 말고 진도운을 쳐다봤다.

"구현회를 갔다 와서 장로원에 서마고의 자식들에 대해

134 天沐鬼王 2

말할 생각이오."

그 말이 뜻하는 바를 알아들은 사평호는 다시 껄껄 웃으며 고개를 끄덕였다.

"알겠습니다."

"그렇다고 사 장로를 내치는 일은 없을 것이오."

사평호는 잠시 멈칫했다가 이내 다시 밖으로 몸을 돌렸다.

‡‡

만금성은 공길건 장로와 몇몇 수행하는 사람들을 딸려 보낸다는 서찰을 구현회에 보냈다. 그리고 며칠 뒤에 구현회로부터 환영한다는 서찰을 받았다. 그로부터 이틀 뒤에 만금성의 문이 열리고 공길건과 진도운을 태운 육두마차가 평야를 가로지르며 나왔다. 그리고 그 안에는 그들을 호위하기 위한 흑객도 한 명 타고 있었다. 장로원에서는 흑객들을 더 데려가라고 말했지만 진도운은 흑객들은 자신이 없는 동안 만금성을 지켜야 하니 데려가지 않겠다고 말했다.

‡‡

300년 전, 성혼마(猩昏魔)라는 무림 역사에 다시없을 악마가 등장했다. 그는 기악신공(氣握神功)이라는 전대미문

135

의 마공을 사용하며 무림인이건 일반인들이건 가리지 않고 사람들의 내공과 생기를 빨아들이고 다녔다. 그 기악신공에 당하고 나면 피부가 나무껍질처럼 마르며 그대로 죽음에까지 이르는 무시무시한 마공이었다.

갑작스럽게 등장한 그의 정체에 대해 사람들은 이런저런 말들이 많았다. 어떤 사람들은 세상에 치이고 나서 세상에 복수를 나왔다고 하고 또 어떤 사람들은 흑도의 고수가 오랫동안 마공을 연구해서 나온 거라 말하기도 했다. 그리고 그 중에는 백도의 사람이 변절해서 그런 마공을 지니고 나타났다는 추측도 있었다. 하지만 그 온갖 추측들 사이에서도 성혼마의 정체가 확실하게 밝혀진 적은 없었다. 그 정체가 중요한 게 아니었기 때문이다.

기악신공으로 사람들의 내공과 생기를 빨아먹는 성혼마는 날이 갈수록 강해져서 더 이상 대적할 수 있는 자가 없었다. 일각에서는 성질이 다른 내공을 그렇게 마구잡이로 빨아들여도 소화하는 거 보면 성혼마는 사람이 아니라는 말도 있었다.

이런저런 말들이 많은 와중에 성혼마를 막고자 나섰던 아홉 문파가 있었다. 그들은 모두 백도의 대문파들로 그동안 백선문에게 밀려 항상 정점에 오르지 못한 문파들이었다.

그들 아홉 문파는 악착같이 성혼마를 추적해서 잡았다. 그로 인해 그 아홉 문파도 엄청난 피해를 감수해야했지만, 그때 처음으로 그들 아홉 문파의 위상이 백선문에 버금갔다. 그래서 그들 아홉 문파는 그 틈을 놓치지 않고 하나로 뭉쳐 하나의 단체를 창설하기로 했다. 마침 서로 피해를 입은 것이 많으니 하나로 합치자는 의견에 반대하는 문파는 없었다. 바로 그 단체가 작금의 구현회(九賢會)였다.

그렇게 기세 좋게 시작한 구현회는 늘 백선문과 비교 대상이 되었다. 그리고 늘 꾸준히 백선행을 나가는 백선문보다 좋은 평가를 받지 못했다.

상황이 그렇다보니 구현회에선 자연스럽게 백선문을 외면했고 세상 사람들은 그런 구현회를 향해 속이 좁다고 손가락질 하는 사람들도 있었다.

성벽을 방불케 하는 거대한 담장이 수백 채의 전각군이 있는 광활한 대지를 둘렀다. 그리고 그 안에는 구현회를 상징하는 백색의 아홉 기둥이 솟아있었다. 그 보기만 해도 압도되는 규모에 구현회가 있는 남창의 어디를 가도 그 건물들이 눈에 들어왔다. 실로 장관이 따로 없었다.

그런 곳에서 연회를 연다고 하니 남창 전체가 떠들썩한 것은 당연했다. 중원 각지에서 구현회의 초대를 받은 문파들이 보내온 사람들로 남창의 관도는 꽉 찼다. 하지만 그렇게 많은 사람들이 몰려들어도 구현회는 단 한 사람도 내치지 않고 모두 구현회 안에 받아들였다.

구현회에 방문한 사람들은 하나 같이 구현회의 그 압도적인 규모에 감탄을 자아내지만 진도운을 비롯한 만금성의 사람들은 별 달리 놀라지 않았다. 만금성에서 금과 보석으로 도배된 건물들에서 살다 보니 구현회를 봐도 별 감흥이 안 생겼다.

"공 장로."

진도운은 같은 마차 안에 타고 있던 공길건을 보며 말했다.

"나는 앞으로 모든 일에 뒤로 빠져있겠소."

"알겠습니다."

공길건이 고개를 끄덕였다. 그의 입장에서도 성주가 노출되는 것보다 자신이 나서는 게 나았다.

"앞으로 공 장로를 따라 다녀라."

진도운은 공길건의 옆에 앉아있는 흑객을 보며 말했다. 호위무사가 장로를 놔두고 자신을 따라다니면 필시 수상하게 여길 것이다.

끼익.

마차가 멈추고 밖에서 소란스런 소리가 몰려들었다. 마차에 달려 있는 만금성의 깃발을 보고 누군가 마중 나온 것이다. 그에 진도운은 먼저 내리며 마치 수행하는 사람처럼 마차 문을 붙잡고 있었다. 그리고 공길건이 내렸다.

"허어, 반갑소."

중년과 노년의 사이에 끼어 있는 남성이 다가와 포권을 취하며 말했다. 그는 굳건한 인상에 수염이 멋스럽게 뻗쳐 있었고 등 뒤에 여러 사람들을 대동하고 있었다. 그가 바로 이 거대한 세상을 이끌고 있는 구현회의 회주 이종호였다.

보통 이렇게 회주가 직접 나와 반기는 경우는 드물었지만, 이종호는 만금성에서 이례적으로 사람을 보낸다고 하니 그에 걸맞게 자신이 직접 나온 것이다.

"만금성에서 온 공길건이라 하오."

공길건 역시 포권을 올리며 말했다. 하지만 진도운은 뒤로 물러나 그의 부하처럼 말없이 서있었다.

"잘 오셨소. 오늘 같이 뜻 깊은 날에 만금성이 이리 참석해주셔서 얼마나 기쁜지 모르겠소."

"아니오. 오히려 이런 날에 초청을 받은 저희들이 영광이오."

"여기서 이럴 게 아니라 안으로 들어가서 얘기합시다."

공길건은 이종호를 따라 구현회의 안쪽에 있는 건물로 들어갔고 진도운은 공길건의 뒤에 서있는 사람들 중 한 사람을 따라가 앞으로 공길건이 머물 처소를 배정 받으러 다른 곳으로 갔다.

구현회에 있는 수많은 건물들 중에서도 손에 꼽힐 만한 전각 한 채를 통째로 처소로 배정받았다. 그리고 그 처소 안에 온갖 고급스러운 가구들은 몽땅 다 집어넣은 듯 보였다. 그만큼 구현회에서는 만금성을 신경 쓰고 있었다. 하지만 이미 만금성에서 화려함에 적응이 돼버린 진도운의 눈에는 별로 놀라는 기색이 없었다.

전각을 둘러보던 진도운의 곁으로 그 전각을 담당하고 있는 시녀가 다가왔다.

"공자님."

"무슨 일이오?"

"구현회 회주님의 여식이신 이세연 소저께서 찾아오셨습니다."

진도운의 눈썹이 꿈틀거렸다.

'무슨 속셈이지?'

진도운은 곧바로 고개를 끄덕였고 이내 전각 안으로 젊은 여인이 들어왔다. 별 다른 장신구도 없이 하얀 웃옷에 분홍색 치마를 입은 수수한 차림이었다. 하지만 그녀의 아름다운 얼굴 때문에 그녀의 옷차림마저 다채로워 보였다.

'소문대로군.'

진한 눈빛과 붉게 물들어 있는 입술은 보는 것만으로도 정신을 아찔하게 만들었다. 그리고 중간 중간 짓는 미소는 뭇 사내들의 심금을 울리기에 충분했다. 무엇보다 눈이 부시도록 아름다운 얼굴은 선이 진하고 뾰족해서 그 고혹적인 눈빛과 입술과 잘 어울렸다.

"이세연이에요."

"진우라고 하오."

진도운은 거짓 이름을 댔다.

"만금성에서 오셨다고 해서 인사나 드릴 겸 찾아왔어요. 혹시 제가 너무 갑작스럽게 찾아온 게 아닌지 걱정되네요."

"제가 어찌 백도의 꽃이라는 이 소저의 방문을 거절하겠소?"

진도운은 자신의 맞은편을 가리켰고 그녀는 그 자리에 앉으며 밝게 웃었다.

"만금성에서 공길건 장로님께서 오셨다고 들었는데……."

"지금 소저의 아버님과 함께 계시오."

"그렇군요. 그럼 공자님께서는……."

"공 장로님을 모시고 있는 몸이오."

그녀가 알겠다는 듯 고개를 끄덕였다. 그리고 그런 그녀의 표정을 진도운은 유심히 살폈다.

"소저께서 성주님을 구해주셨다고 들었소."

"성주님께서는 괜찮으신가요?"

"소저 덕분에 괜찮소."

진도운은 거짓말을 했다.

"다행이에요."

그녀는 또 방긋 웃었다. 아무래도 습관인 듯 보였다. 하지만 진도운은 그녀의 매혹적인 미소에도 눈빛 한 번 흔들리지 않았다.

'없군.'

일단 얼굴이나 손에는 서피인들이 갖는 신체적 부작용이 보이지 않았다. 하지만 옷 위로 드러난 골격은 충분히 서피인의 것이라 의심할 수 있을 만큼 좋았다. 다만, 여인의 몸이라 남성인 자신과는 달라 확신할 순 없었다.

"사실 저희도 놀랐어요. 만금성 측에서 정말 사람을 보낼 줄은 몰랐거든요."

"그렇소? 저희는 구현회에서 온 초대장에 소저께서 성주님을 구해준 걸 언급하길래 꼭 오라는 소리처럼 들렸소만."

그 정곡을 찌르는 말에도 이세연은 방긋 웃어보였다.

"그랬나요?"

"그런데 소저께서 공 장로님은 무슨 일로 찾아오신 것이오?"

"만금성에서 오신 분이니까 얼굴이라도 뵈려고 했죠."

"그렇구려."

"하지만 이렇게 진 공자님이라도 뵈었으니 다행이에요."

그녀는 또 웃었다. 하지만 자신의 미소를 보고도 눈빛 한 번 흔들리지 않는 진도운을 보며 묘한 표정을 지었다.

"저는 이만 가볼게요. 내일 있을 연회에 참석하실 거죠?"

진도운은 짤막하게 고개를 끄덕이는 것으로 대답을 대신했다.

이세연이 떠나고 진도운은 홀로 처소에 남아 공길건을 기다렸다. 공길건은 밤늦게 돼서야 처소로 돌아왔다. 그는 오자마자 진도운에게 이종호와 무슨 얘기를 나누었는지 하나도 빠짐없이 보고했다.

"결국엔 돈을 더 달라는 얘기였소?"

진도운이 압축해서 말해버리자 공길건은 쓰게 웃으며 고개를 끄덕였다.

"맞습니다."

무림의 문파들이 만금성에 원하는 건 뻔했다. 그들이 원하는 건 만금성이 가지고 있는 어마어마한 재물이었다. 한번 받으면 문파 전체를 뜯어 고칠 수 있을 만큼 주니 어느 문파이건 욕심을 드러낼 수밖에 없었다. 거기다가 구현회는 지금 만금성의 성주를 구해줬다는 명분도 있으니 노골적으로 돈을 더 달라 할 만 했다.

"연회는 내일부터 바로 열린다고 합니다."

"알겠소. 이만 가서 쉬시오."

보고를 마친 공길건은 진도운에게 공손히 목인사를 올리고 다른 방으로 향했다.

그렇게 구현회에서의 첫날이 끝났다. 그런데 다음 날 아침, 해가 뜨자마자 어떤 이의 비명소리가 창밖에 울렸다.

‡

이른 아침, 구현회 안쪽에 있는 어느 전각 앞으로 사람들이 몰려들었다. 아침 일찍 구현회의 고요를 깨운 비명의 근원지가 그 전각이었기 때문이다. 그런데 무슨 일인건지 구현회의 사람들이 몰려들어 다른 문파의 사람들을 다가오지 못하게 막았다.

그 전각 안으로 이세연이 들어섰다. 그녀는 안으로 들어오자마자 반대쪽으로 고개를 휙 돌렸다.

"세연아. 차라리 보지 않는 게 나을 게다."

방 안에 있던 이종호가 안타깝게 표정을 굳히며 말했다. 그도 그럴 것이 지금 이 처소의 주인이 끔찍한 상태로 침상 위에 누워있었기 때문이다. 그 처소의 주인은 구현회 안에서도 제법 직위가 높은 자였다. 그런데 지금은 차가운 시신이 되어 이 침상 위에 누워있었다.

착잡하게 한숨을 내뱉는 이종호의 옆으로 굵직한 얼굴선을 가진 중년인이 다가왔다.

"회주님. 저 시신에 남은 흔적이 이상하지 않습니까? 꼭 성혼마의 기악신공에 당한 것……."

"조용히 하여라."

이종호가 단호하게 말을 끊자 그 중년인은 고개를 숙이며 뒤로 물러났다. 하지만 이종호도 그 중년인과 같은 생각이었다. 지금 눈앞에 있는 시신은 몸 안에 있는 수분이 다 빠져나간 것처럼 피부가 메마르고 푸석해 보였기 때문이다. 그 흔적으로만 보자면 300년 전에 무림을 지옥으로 만들었던 성혼마의 기악신공이 맞았다.

'하지만 어떻게…….'

이종호는 믿을 수 없다는 듯 연거푸 고개를 저었다.

"도대체 누가 이런 짓을……."

이세연이 말끝을 흐렸다.

"지금 구현회에 무림 전역에서 많은 사람들이 몰려 와 있다. 그러니 여기 일이 새어나가지 않도록 조용히 해야 한다."

그 말에 고개를 바짝 치켜든 이세연이 눈빛을 날카롭게 빛났다.

"분명히 그들 중에 있을 거예요."

"그들이라 함은……."

"방금 아버님이 말씀하신 무림 전역에서 온 사람들이요. 당연히 흉수는 그들 중에 있지 않겠어요?"

이종호는 쉽게 대답하지 못했다. 그 시신에 남아있는 기악신공의 흔적 때문이었다.

이종호는 회주인 만큼 남들이 모르는 구현회의 속사정까지 잘 알고 있었다. 300년 전, 구현회의 선조들이 성혼마를 잡고 나서 기악신공을 없애지 않았다. 그들은 성혼마가 선보인 강력한 무위 때문에 기악신공을 두고 남들 몰래 연구를 했다.

하지만 기악신공을 익히는 순간 평생 몸은 지독한 갈증에 시달리게 되고 그 갈증을 없애려면 지속적으로 타인의 내공과 생기를 흡수해야 했다. 그렇지 않으면 자신의 몸 안에 있는 내공과 생기가 줄어들어 결국에는 죽고 말았다. 그래서 성혼마가 악마라는 소리까지 들으면서 그렇게 사람들의 내공과 생기를 빨아들이고 다녔던 것이다.

그래서 구현회는 기악신공의 연구를 중지하고 구현회 안

에서도 극소수만이 알고 있는 비밀 장소에 기악신공을 숨겼다. 무림인이라면 누구나 꿈꾸는 내공을 손쉽게 얻을 수 있으니 무작정 없애지는 못한 것이다.

그러니 이종호는 흉수가 구현회 안에 있단 걸 잘 알고 있었다.

"아무도 이곳으로 들어오지 못하도록 막아라."

이종호는 자신의 뒤를 지키고 있는 중년인에게 명령을 내렸다. 그 시신이 외부에 알려지기라도 한다면 기악신공이 아직도 남아있다는 사실도 같이 알려질 것이다. 그럼 구현회는 기악신공을 없애지 않고 지금까지 보존했다는 비난에서 자유롭지 못할 것이다.

‡

진도운은 이른 아침 비명 소리를 들으며 눈을 떴다. 공길건도 그 소리를 들은 듯 눈을 뜨고 자신의 방으로 찾아왔다.

"성주님도 소리를 들으셨습니까?"

"들었소."

"무슨 일인지 알아보고 오겠습니다."

"아니오. 공 장로는 여기서 기다리고 계시오. 내가 갔다 오겠소."

그 말에 공길건은 고개를 숙였다가 다시 들었다. 간단한

목인사였건만 그새 눈앞에 있던 진도운의 모습이 사라졌
다.

　혈아세인술로 모습을 감추고 신표혈리술로 처소를 나온
진도운은 방금 소리가 났던 곳으로 방향을 틀었다. 지붕 위
를 껑충껑충 뛰어다니며 쭉쭉 나아가던 진도운은 사람들이
몰려 있는 전각을 발견하고 곧장 그 안으로 들어갔다.
　'뭐지?'
　지붕 밑에 매달린 진도운은 그 안에서 구현회의 사람들
이 낯빛이 어두워진 채 바삐 움직이고 있는 모습을 발견했
다. 그는 그 구현회의 사람들을 따라 방 안으로 들어갔다.
방 안에는 이종호와 이세연, 그리고 익숙한 얼굴의 중년인
이 서있었다. 또한 그들의 옆에 있는 침상 위에 피부가 메
말라있는 한 시신이 누워있었다.
　'……!'
　진도운은 그걸 보자마자 눈을 부릅떴다.
　'기악신공?'
　직접 본 적은 없지만 풍문으로 들었던 기악신공의 흔적
과 똑같았다. 더군다나 이곳은 성혼마를 잡았던 구현회이
니, 자연스럽게 기악신공이 떠오를 수밖에 없었다.
　진도운의 시선은 침상 옆에 착잡한 표정으로 서있는 이
세연에게 향했다.
　'이런 식이었나?'

진도운은 일전에 서피인과 한 번 부딪혔을 때 그 서피인은 자신과 비슷한 골격을 지녔지만 내공은 그렇지 못했단 사실을 떠올랐다.

'하지만 기악신공이라면 그 부족한 내공을 채워줄 만 하지.'

만약 그녀가 서마고라면 그녀는 천운을 얻은 것이다.

울고 있는 그녀의 옆으로 한 중년인이 다가왔다. 그는 곧은 인상에 듬직한 체격을 지닌 중년인으로 진도운은 그를 한눈에 알아봤다.

그 중년인은 이곳 구현회에서 가장 큰 조직인 일현십이룡대(一玄十二龍隊)를 이끌고 있는 우막검(尤漠劍) 기세위였다. 진도운은 예전 구야혈교 시절에 그와 몇 번 부딪힌 적이 있었다.

"이 소저. 잠시 자리를 비켜주겠소?"

기세위의 말에 이세연이 고개를 끄덕이며 밖으로 나갔다. 그리고 그곳에 남은 기세위는 심각한 표정으로 입을 열었다.

"회주님. 정말 기악신공이 아닌 겁니까?"

그 말에 이종호가 고개를 저었다.

"나도 모르겠네."

"기악신공의 흔적이 맞다면 이 사실을 누가 알아차리기 전에 손님들을 모두 내보내야 합니다."

"만약에 기악신공이 아니라면 흉수는 그 안에 있을 수도 있네."

그 말에 기세위는 머뭇거렸다. 그의 말대로 기악신공이 아니라면 구현회를 찾아온 타 문파의 사람들이 흉수일 가능성이 높았다. 그래서 그는 이러지도 저러지도 못하고 있었다.

"일단 기악신공이 맞는지 그것부터 확인을 하게."

"알겠습니다."

기세위가 절도 있게 고개를 숙이며 밖으로 나갔다. 그리고 진도운도 그곳을 빠져나갔다.

진도운은 처소로 돌아오자마자 공길건을 찾았다.

"공 장로."

"무슨 일인지 알아보셨습니까?"

공길건이 허겁지겁 달려오며 말했다.

"아무래도 지금 구현회에서 돌아가고 있는 일이 심상치 않소."

"허면 다시 만금성으로 돌아가야 하지 않겠습니까?"

"구현회에서 보내줄지 모르겠소. 그래도 일단은 언제라도 떠날 수 있게 채비를 해두시오."

"알겠습니다."

공길건은 처소 안에 있는 시녀들과 흑객을 불러 모아 떠날 채비를 했다. 그러던 도중 진도운은 흑객을 따로 불러 공길건의 옆에서 떠나지 말라고 지시를 내렸다. 그리고 진도운은 다시 처소 바깥으로 나갔다.

구현회를 이리저리 돌아다니던 이세연은 처소로 향했다. 그리고 처소로 들어가기 전에 잠시 주변을 둘러봤다. 여전히 자신의 미모에 홀린 남자들이 멀찍이 떨어져서 자신을 쳐다보고 있었다.

처소 안으로 들어온 그녀는 침상 끝에 걸터앉았다. 그리고 차분하게 호흡을 다듬으며 침묵을 지켰다. 고개가 사선으로 내려가 있던 그녀의 눈에 돌연 낯선 발이 들어왔다.

"······!"

그녀가 눈을 동그랗게 뜨며 고개를 올렸다. 그러자 자신의 앞에서 당당하게 서있는 사내를 보았다. 본 적이 있는 얼굴이었다.

"진 공자?"

그녀가 진우라고 알고 있는 진도운이었다.

"소저에게 물을 게 있소."

"······."

말없이 진도운을 쳐다보는 그녀의 눈빛이 금세 침착함을 되찾았다. 그리곤 진도운이 말을 잇기도 전에 방긋 웃었다.

"제가 서마고인지 묻고 싶은 건가요?"

"······."

"이렇게 찾아온 거 보면 제가 아니라고 해도 믿지 않을 것 같네요."

'뭐지?'

진도운은 그녀의 태도에 적잖게 동요했다. 이렇게 당당히 밝힐 줄은 몰랐기 때문이다.

"사실 어제 공자님을 처음 뵈었을 때 상당히 놀랐어요. 만금성의 성주님께서 이리 직접 오실 줄은 몰랐거든요."

"내가 성주라는 건 어떻게 알았지?"

진도운의 말투가 달라졌다.

"공자님의 몸이요. 신환성체잖아요. 만금성에서 신황성체는 딱 한 사람뿐이죠."

진도운은 피식 웃었다.

"그랬군."

"어쨌든 이렇게 뵙게 됐으니 잘 됐네요. 마침 공자님께 물을 게 있었는데."

"뭐지?"

"만금성을 담당하던 제 자식 놈 중 하나가 며칠 전부터 소식이 없더라고요. 아마 이렇게 공자님이 직접 오신 걸 보면 공자님께 들킨 모양인데……."

진도운은 하얀 이를 드러내며 웃었다.

"어떻게 됐는지 궁금한가?"

"그런 경우는 딱 두 가지겠죠. 만금성에 붙잡혔거나, 아니면 죽었거나."

"상황 파악을 잘 하는군."

"만약 만금성에 붙잡혀 있는 거라면 성주님께 저와 거래를 할 수 있는 기회를 드리겠어요."

"그게 아니라면?"

"제 자식이 죽었다면 이 자리에서 공자님도 죽어요."

진도운의 눈썹이 꿈틀거렸다.

"자신이 있나 보군."

"자신이 없었으면 처음부터 만금성에 사람을 보내달라고 하지도 않았어요."

이렇게 진도운이 직접 나타날 줄 그녀도 예상하지 못했다. 그녀는 백성수를 구해준 걸 핑계로 만금성의 사람을 잡아놓을 셈이었는데, 성주가 직접 나타나다니…….

"기악신공을 믿고 있는 건가?"

"저를 엿보고 계셨군요."

그녀는 활짝 웃으며 말했다.

"기악신공을 너와 같은 구현회 사람에게 쓸 줄은 몰랐거든. 마치 보란 듯이 기악신공을 익히고 있다는 사실을 알리는 것 같았어."

"그래야 구현회가 무너지니까요."

전혀 예상치 못한 대답에 진도운은 그녀의 말을 가만히 듣기만 했다.

"구현회에서 아직도 기악신공을 가지고 있다는 사실이 알려지면 구현회는 전 무림의 비난을 면치 못할 거예요."

"그렇게까지 구현회를 무너트리려는 이유가 뭐지? 너의 가문도 구현회에 속해 있지 않나?"

그 말에 그녀가 창문 앞에 서며 바깥을 가리켰다.

"저는 구현회를 없애려는 게 아니에요. 이 더러운 세상을 없애려는 것이지."

그녀는 서마고와 같은 말을 했다.

"구현회는 그 시작일 뿐이라는 건가?"

그녀가 고개를 끄덕이다가 이내 다시 절레절레 흔들었다.

"다른 사람들은 몰라요. 이 세상이 얼마나 더러운지……."

그녀가 창문 밖에서 자신의 얼굴을 보고자 몰려든 남자들을 쳐다봤다.

"저들은 지금 저를 보면서 무슨 생각을 하고 있을까요?"

"별로 좋은 생각은 아니겠지."

"그 좋지도 못한 생각 때문에 저들은 목숨까지 내걸더군요."

그녀가 지그시 웃으며 진도운을 쳐다봤다. 확실히 그녀의 미소에는 정신을 아찔하게 만드는 힘이 있었다.

"지금 이곳으로 제 자식들이 오고 있어요. 저를 데리러 오는 중이죠."

"……."

"꽤 많이 오고 있답니다."

"한 바탕 잔치라도 벌일 셈인가?"

그녀는 고개를 끄덕였다.

"바로 오늘 무림 전역에서 온 인사들 앞에서 저희들을 알릴 셈이에요."

가만히 그녀의 얘기를 듣던 진도운은 돌연 눈매를 날카롭게 찢었다.

"이상하군."

"뭐가 이상하다는 거죠?"

그녀가 순진무구한 얼굴로 말했다.

"무림의 유명 인사들을 한 자리에 모아놓고 기악신공을 펼치면 분명 네 말대로 구현회는 무림에서 외면당해 스스로 몰락의 길을 걸을 것이다."

"그런데요?"

"그런데 갑자기 네 자식들이 와서 너를 데려가겠다고?"

"저도 살아야하지 않겠어요?"

그녀가 방긋 웃으며 말했다. 그러자 진도운이 고개를 끄덕였다.

"그래. 너도 살아야겠지. 그런데 네 말대로 다 따져 봐도 설명되지 않는 게 두 가지가 있다."

"그게 뭐죠?"

"하나는 구현회 안에서 벌인 살인이다. 그것도 구현회 사람을 죽여서 구현회의 사람만 볼 수 있도록 만들어놓았지. 그래서 지금 구현회의 사람들 말곤 그 사실을 아는 사람이 없지 않나?"

"......"

"네가 벌인 행동은 구현회에 모여든 무림 인사들의 시선을 끈 게 아니라 구현회 안에 있는 사람들의 시선을 끈 것이다. 그 예로 지금 구현회의 회주는 온통 기악신공에만 정신이 팔려 있지."

그녀는 아무 말도 하지 못하고 진도운의 얼굴만 바라봤다.

"다른 하나는 기악신공이다."

"기악신공이 왜 이상하다는 거죠?"

"네 말대로 여기 오기 전에 네 자식 놈하고 만났다. 그런데 그 놈은 기악신공을 익히지 않았더라고."

"……."

"너희들이 만든 서피인은 분명 신환성체에 비해 내공이 부족한데도 불구하고 기악신공을 익히지 않았다. 그것도 이미 네 손 안에 있는 기악신공을 말이야. 그렇다는 건 딱 하나로만 설명할 수 있겠군."

"그게 뭐죠?"

그녀는 모르겠다는 듯 물었다.

"구현회 안에 있는 네가 기악신공을 먼저 구해서 익혔더니 너도 예기치 못한 문제가 발생한 거야. 그래서 제 자식들에게 전수해줄 수 없던 거지."

"맞아요. 기악신공에는 치명적인 부작용이 뒤따르죠."

그녀는 순순히 말했다.

"그게 뭐지?"

"기악신공을 익힌 사람이 지속적으로 내공과 생기를 흡수하지 않으면 몸이 점점 메말라가며 죽게 되요."

진도운은 그녀의 얼굴을 뚫어져라 쳐다봤다. 그녀의 피부는 여전히 백옥 같아서 어린 아이의 피부라 해도 믿을 수 있었다. 그 말은 그녀가 그동안 꾸준히 사람들의 내공과 생기를 흡수했다는 것이다. 그녀의 미모라면 사람들을 홀리는 일 따위 어렵지도 않은 일이었다.

"너에겐 쉬운 일이었겠군."

그 말에 이세연은 씁쓸하게 웃었다.

"제가 홀리고 다니지 않아도 사내들이 알아서 찾아왔어요. 제가 말했잖아요. 세상은 더럽다고."

"결국엔 너도 그 더러운 세상을 이용한 거잖아."

그녀는 말없이 진도운을 빤히 쳐다봤다. 그리고 미소를 지었는데 지금까지 의도적으로 지어왔던 미소와는 다른 편안한 미소였다.

"참 똑똑하시네요. 그런 것도 다 알아채시고."

"감추고 있는 게 뭐지?"

"글쎄요. 그것도 한 번 맞춰보시죠."

진도운은 입을 닫고 머리를 굴렸다. 기악신공으로 구현회의 이목을 끌고 기악신공에 예기치 못한 부작용이 있었다면…….

"구현회 안에 있는 뭔가를 노리고 있군. 그리고 그건 기악신공의 부작용을 치료해줄 수 있는 것이겠고."

그녀가 방긋 웃었다. 다시 작위적인 미소로 돌아왔다.

"비슷했어요."

"아쉽군."

진도운은 정말 안타깝다는 듯 말했다. 그에 그녀가 입을 가리고 웃었다. 그리고 잠시 뒤에 손을 내리며 미소를 지웠다.

"저는 최기산 장로가 담당했던 만금성의 땅과 건물들을 알고 있어요."

"……."

"만금성에선 차명으로 상단을 만들고 그 상단을 내세워서 중원에 있는 땅을 관리하고 있죠?"

"그런데?"

"제 자식을 돌려주지 않으면 그 땅에 사람을 보내겠어요. 그리고 오늘 이곳에서도 살려 드릴게요."

진도운은 피식 웃었다.

"이미 최기산과 결탁했다는 걸 알고 있는데 내가 그 땅들을 가만히 놔뒀을까?"

"그 많은 땅을 다 팔았다고요?"

그녀는 믿지 못하겠다는 듯 말했다.

"이미 오기 전에 명령을 내리고 왔지. 지금쯤이면 벌써 팔고 있을 걸?"

그녀는 어처구니없다는 듯 웃었다. 최기산을 통해 알아낸 만금성의 땅은 상상을 초월할 만큼 많았다. 그런데 그 많은 땅을 한 번에 다 내다팔라고 했다니……. 그건 도저히 예기치 못했던 일이다.

"어떻게 그럴 수가 있죠?"

"알면서도 그대로 놔두는 건 어리석은 자들이나 하는 짓이지."

그 말에 이세연은 쓰게 웃었다.

"공자님의 단호한 태도를 보니, 제 자식은 이미 죽었을 것 같네요."

"심장이 꿰뚫려서 죽었지."

그녀의 눈꺼풀이 파르르 떨렸다. 그리고 천천히 눈꺼풀이 내려왔다. 그녀는 잠시 그렇게 눈을 감고 있었다.

"이제 제 자식들이 왔네요."

그녀의 말이 끝나는 순간 처소 밖에서 소란스런 소리가 일어났다. 그것도 한두 군데가 아닌 전 방위에서 시끌벅적한 소리가 물밀듯이 들어왔다. 그 속에는 쇳덩어리들끼리 부딪히는 날카로운 소리까지 끼어 있었다.

하지만 진도운은 꿈쩍 않고 그녀만 바라봤다.

‡

일현십이룡대의 대주, 기세위는 부하들을 이끌고 건물 밖으로 나왔다. 그리고 사방에서 구현회의 담장을 넘는 흑의인들을 보며 인상을 구겼다.

"웬 놈들이⋯⋯. 모두 흩어져서 손님들을 보호하라."

그 말에 그의 뒤에 있던 수백 명의 부하들이 각기 사방으로 흩어졌다. 뒤이어 그 역시 몸을 날리려는 찰나, 담장이 아닌 구현회 안쪽에서 굉음이 들렸다.

콰앙!

땅을 뒤흔드는 엄청난 굉음.

기세위는 그곳으로 몸을 날렸다.

'저곳은⋯⋯.'

이세연의 처소가 있던 곳이다. 그런데 지금 그곳엔 건물이 있어야 할 땅바닥 위에 무너진 건물의 잔해가 깔려 있었다. 그리고 그 위에 두 사람이 서있었다. 한 사람은 이세연이었고 다른 한 사람은 낯선 사내였다. 그는 만금성의 마차가 도착했을 때 마중 나오지 않아서 그 사내를 처음 보았다.

'누구지?'

가만히 지켜보던 기세위는 그 둘 사이에 흐르는 기류가 심상치 않은 걸 깨닫고 몸을 날렸다.

"이 소저!"

위세 좋게 소리 지르며 날아드는 기세위를 향해 진도운은 땅을 차서 땅바닥에 뒹굴고 있는 나무 파편 하나를 날려 보냈다.

기세위는 곧장 검을 뽑아 쏜살처럼 날아드는 나무 파편을 향해 검을 휘둘렀다.

"크흑!"

나무 파편을 후려친 검이 찌르르 울더니 손아귀까지 충격이 전해졌다.

'한낱 나무 파편 따위에 이런 내공을 싣다니!'

껑충 날아올랐던 기세위의 신형이 어정쩡하게 이세연과 진도운의 중간 지점으로 떨어졌다. 그런데 잔해 위에 발을 디디자마자 또 다시 눈앞에서 나무 파편이 아른거렸다.

탁!

기세위는 검으로 나무 파편의 몸통을 쳐내 옆으로 흘려보냈다. 그제야 우두커니 서있는 진도운의 모습이 눈에 들어왔다.

"넌 누구냐?"

"네가 알 것 없다."

진도운은 몸을 옆으로 빼며 신표혈리술을 펼쳤다. 스스슥, 소리와 함께 그의 발끝에서 잔해가 나뒹굴더니 금세 그의 모습이 바람으로 변했다.

휘이이!

한 줄기 바람이 바깥으로 크게 선회하며 이세연의 옆구리로 파고들었다.

이세연은 두 손을 모아 그 바람 앞에 바짝 세웠다. 그녀의 손에서 벼락같은 장력이 길게 뿜어져 나왔다.

콰콰콰콰쾅!

줄기차게 쏟아지는 장력이 땅바닥에 꽂혔다.

하지만 그 앞에 있던 진도운의 신형은 이미 사라진 뒤였다.

그런데 그녀의 장력 줄기를 맞은 땅바닥이 바위가 박혀 있던 자리처럼 움푹 파였다.

'기악신공으로 모은 내공인가?'

정통으로 맞았다면 위험했다.

잠시 옆으로 빠지며 그 장력을 피했던 진도운은 다시 땅을 박차고 달려들었다. 그러자 그녀가 양손을 세워서 손날로 만들더니 팔을 크게 휘둘렀다.

쐐애애액!

칼바람이 정면으로 날아들었다.

진도운은 고개를 옆으로 젖히며 피해낸 후 그녀와의 거리를 단숨에 좁혔다. 그리고 귀살류의 살기를 쏟아냈다.

쇄액, 쇄액!

그녀가 양 손을 휘두르며 손날로 귀살류의 살기를 서걱서걱 베었다. 통째로 뻗어가던 귀살류의 살기가 그녀의 손끝에서 조각조각 잘려나갔다.

"……!"

진도운은 눈을 부릅뜨며 귀살류의 5초식, 비구를 펼쳤다.

그의 손이 섬전처럼 쏘아져갔다.

파지지직!

161

손끝에 무언가 걸렸다. 하지만 가볍다.

진도운은 손끝에서 펄럭이고 있는 옷자락을 보았다. 그리고 어느새 뒤로 훌쩍 물러나 있는 그녀를 쳐다봤다.

그녀의 앞섶이 배에서부터 명치까지 찢어져 있었다. 그래서 그녀의 속살이 고스란히 드러났다. 그런데 백옥처럼 고아야할 살결이 살점이 움푹 파여서 피를 쏟아내고 있었다.

"으......"

그녀는 아랫입술을 질끈 깨물었다. 배에서 올라오는 통증이 상당했기 때문이다. 하지만 그걸 보고도 진도운의 표정은 계속 굳어있었다. 비록 8할의 내공만 썼다지만 귀살류를 피한 건 그녀가 처음이었기 때문이다.

"......"

서마고가 만들었다는 서피인과 신환성체의 차이는 여러가지가 있었다. 하지만 그중에서도 가장 큰 차이점은 바로 내공이었다. 그런데 그녀는 기악신공을 통해 내공을 얻으니 다른 서피인과는 다른 무위를 선보인 것이다.

"음?"

피가 쏟아지는 그녀의 배 위쪽으로 피부가 다 까지고 살점이 축 늘어나 있는 게 보였다.

'서피인의 부작용이군. 역시 서피인이었어.'

그렇지 않고서야 지금의 무위는 설명이 되질 않았다.

그런데 그때, 이세연이 돌연 반대쪽으로 몸을 날렸다. 그리고 그녀가 몸을 날리자마자 기세위가 진도운의 앞을 막았다. 아무래도 서로 전음을 주고받으며 서로 짠 듯 보였다.

"네 놈은 누구냐? 저기 저 놈들과 한 패인 것이냐?"

기세위는 지금 구현회의 담장을 넘어 안으로 들어온 흑의인들을 보며 말했다. 하지만 진도운은 그에게 눈길 한 번 주지 않고 그녀가 가고 있는 방향만 쳐다봤다.

진도운은 일부러 그녀를 쫓아가지 않고 보기만 했다. 그녀가 이렇게까지 일을 벌여서 가지려는 게 무엇인지 궁금했기 때문이다.

스응.

그때 기세위의 검 끝이 코앞까지 다가왔다. 기세위가 검 끝으로 자신을 가리킨 것이다.

"네가 누구냐고 물었다."

그때, 진도운의 옷자락이 허공으로 떠올라 넘실넘실 거렸다. 그리고 그의 발아래에 떠있던 수많은 잔해들도 허공으로 떠올랐다.

"……!"

기세위는 눈을 부릅떴다. 지금 눈앞에 서있는 진도운의 주변 공간이 손으로 누른 것처럼 일그러졌기 때문이다.

고오오오!

범접할 수 없는 극강의 기운!

그 범위 안에 있는 기세위는 자신의 옷자락까지 휘말려 같이 올라가는 걸 보았다. 지금까지 여러 고수들을 봐왔지만 지금처럼 이렇게 경악스러운 경우는 없었다.

'정녕 사람의 내공이란 말인가?'

그리고 그 순간…….

쿵!

무지막지한 압력이 그의 온몸을 짓눌렀다.

"크흑!"

기세위의 무릎이 꺾이며 땅바닥을 찍었다. 그의 온몸에서 힘줄이 불거졌다. 그의 얼굴은 새빨갛게 달아올랐고 그의 입에선 침이 질질 흘러나왔다.

"네가 칼을 들이밀 상대는 내가 아니다."

진도운이 손을 펴자 기세위의 손 안에 있던 검이 그의 손안으로 빨려 들어왔다. 진도운은 그 검을 들고 구현회의 담장을 넘어 안으로 들어오고 있는 흑의인들을 향해 힘껏 던졌다.

후우우우욱!

묵직한 후폭풍이 일어나며 한 줄기 빛살처럼 날아간 검이 그 먼 거리를 관통하고 담장 한 가운데에 꽂혔다.

콰앙!

담장에 커다란 구멍이 생기며 그 부근에 있던 흑의인들의 몸이 바위에 짓이겨진 것처럼 너덜너덜해졌다.

"저 곳이 네 검이 있어야 할 곳이다."

진도운은 몸을 돌리며 내공을 거둬들였다. 그리고 신표혈리술을 써서 몸을 날렸다. 그의 몸이 공기의 결을 타고 금세 사라졌다. 그제야 기세위가 헛구역질을 하며 거칠게 숨을 토해냈다. 그리고 그는 진도운이 검을 날린 방향과 진도운이 몸을 날린 방향을 번갈아가면서 쳐다보았다.

‡

진도운은 그녀가 향한 곳으로 몸을 날렸다.

'이렇게까지 일을 크게 만들며 얻으려고 하는 게 뭐지?'

진도운은 그녀를 간 방향을 기억해서 구현회 한 가운데에 있는 으리으리한 전각으로 들어왔다.

'구현회 회주의 처소가 아닌가?'

평소라면 그 건물 주변에 사람들로 득실거려야 했지만 지금은 갑작스럽게 나타난 침입자들 때문에 다들 뿔뿔이 흩어져 있었다. 심지어 그 처소의 주인인 이종호조차 보이지 않았다.

전각 안으로 들어오자 땅바닥에 쓰러져 있는 시신 몇 구가 보였다. 구현회의 복장을 입고 있는 시신들이었다. 그리고 그들의 몸에서 흐르는 피 냄새가 생생한 걸로 보아 쓰러진지 얼마 안 된 듯 보였다.

진도운은 전각 안에서 기감을 퍼트려보았다. 그리고 꽉 막혀 있는 벽 너머로 여러 인기척을 감지했다. 그 중의 하나는 이세연임이 틀림없었다.

진도운은 벽을 후려쳤다. 콰앙, 소리와 함께 벽 한 가운데에 구멍이 뚫렸다. 그리고 앞으로 쭉 뻗어있는 복도가 나타나자 그 안으로 발을 내딛었다.

복도는 생각보다 길었고 여러 명이 들어와도 될 정도로 넓었다. 꽤 오랜 시간 공들여서 만든 흔적이 엿보였다.

'이 안에 뭘 숨겨둔 거지?'

진도운은 걷다 말고 몸을 날려 단숨에 복도를 통과했다. 그리고 돌로 꽉 막혀 있는 네모난 석실을 발견했다.

"이제야 오셨네요."

석실 끝에 이세연이 서있었고 석실 한쪽에는 웬 남자 4명이 반듯하게 서있었다.

'서피인들이군.'

진도운은 그 남자 4명을 보자마자 깨달았다.

"저기는 제 자식들이에요. 여기서 만나기로 했는데 그쪽 때문에 제가 좀 늦게 왔네요."

"방해해서 미안하군."

진도운은 말과 달리 싱긋 웃으며 말했다.

"맞아요. 방해를 했죠."

진도운은 그녀를 뚫어져라 쳐다봤다. 그녀가 등 뒤로 무언가를 숨기고 있었기 때문이다.

"그건 뭐지?"

"공자님도 익히 아는 거예요."

"내가 아는 거라고?"

이세연은 습관처럼 방긋 웃으며 뒤로 뻗은 팔을 앞으로 내밀었다. 그녀의 손 안에 새카만 단함 하나가 들려 있었다. 그런데 그걸 본 진도운의 눈동자가 좌우로 흔들렸다.

"어째서 그게……."

진도운은 보면서도 믿을 수가 없었다.

이세연은 보란 듯이 단함 뚜껑을 열어 그 안에 들어있는 투명한 구슬을 손에 들었다. 그것은 진도운이 금역비고에서 챙긴 것과 똑같은 구슬이었다. 심지어 구슬이 들어있는 단함마저 똑같았다.

진도운은 놀란 기색을 감추지 못했다.

"그게 무엇인지 알고 있는 건가?"

그녀가 그토록 원했던 게 저 구슬이었다니…….

진도운은 전혀 예기치 못한 상황에 그녀만 뚫어져라 쳐다봤다.

"그 구슬이 뭔지 알고 있냐고 물었다."

"일종의 초대장이죠."

"초대장이라고?"

그녀가 빙글빙글 웃었다.

"공자님은 성혼마가 어느 날 하늘에서 갑자기 뚝 떨어졌다고 생각해요?"

"……."

성혼마에 대한 많은 추측이 있었지만 아직까지 시원하게 밝혀진 적은 없었다.

"이 구슬은 성혼마가 온 곳에서 날아온 초대장이에요."

"그곳이 어딘데?"

"어떤 숲이에요. 비밀이 많은 숲이죠."

진도운은 품속에서 투명한 구슬을 꺼내 손으로 만지작거렸다.

"내가 이걸 가지고 있는 건 어떻게 알았지?"

"초대장은 아무에게나 가는 게 아니에요. 그럴 자격을 갖춘 사람들에게만 가는 거지."

만금성의 성주와 구현회의 회주에게 이 구슬이 있었다. 그것만 봐도 대충 그 자격을 알 것 같았다. 그리고 어쩌면 구슬이 더 있을 지도 모른다고 생각했다. 그만한 인물은 아직 무림에 몇 사람 더 있으니까 말이다.

"그 숲에는 뭐가 있지?"

"그건 저도 모르겠네요."

아니다. 그녀는 알고 있었다. 그렇지 않으면 애초에 이 난리를 피우면서까지 그 구슬을 노리지 않았을 것이다.

진도운은 자신의 구슬을 품속에 넣으며 입꼬리를 뒤틀었다.

"말을 아끼는군."

"이미 말한 것만 해도 상당한 걸요."

"그럼 그 숲으론 어떻게 가는 거지?"

"말했잖아요. 이 구슬이 초대장이라고. 그 숲으로 가는 길은 모두 이 구슬 안에 있어요."

"……."

"이 구슬에 적힌 걸 알아내면 그 숲에 갈 수 있는 거고 알 아내지 못하면……. 지금껏 여기에 쳐 박아둔 것처럼 아무 쓸모없는 구슬이 되는 거죠."

"그렇군."

그녀가 방긋 웃었다.

"너무 걱정하지 마세요. 만금성에선 이미 한 번 그 숲에 들어갔다 온 적이 있으니."

"무슨 소리지?"

"그 많은 만금성의 재물이 어디서 나왔을 것 같아요?"

"무슨 소리를 하는 거지? 우리는 그동안 백도와 흑도 양 측에 돈을 뿌리며 커왔다."

그녀가 가소롭다는 듯이 웃었다.

"그거야 당신네들 생각이고요."

"……."

"이 세상에 이쪽저쪽 빌붙어 사는 자들이 한, 두 명 인줄 아세요? 그런데 그 중에서 유독 만금성만 큰 게 이상하지 않아요?"

"……."

"그건 만금성이 시작부터 상상도 못할 만큼 막대한 재물

169

을 갖고 있었기 때문이에요."

"너는 어떻게 그런 걸 잘 알고 있지?"

문득 그런 생각이 들었다. 그녀는 분명히 구현회의 사람인데 어째서 자신을 서마고로 생각하는 건지, 그리고 또 저런 것들은 어떻게 알고 있는 건지 의문이 들었다.

"저는 그 숲에 이미 한 번 갔다 온 적이 있어요."

"⋯⋯!"

진도운의 눈동자가 확장됐다.

"그리고 서마고가 돼서 나왔죠."

"한 번 갔다와놓고 또 다시 들어가려는 건가?"

"구슬 하나에 가질 수 있는 건 한 개뿐이더군요."

그때였다. 바깥에서 들리는 소란스러움이 한층 더 격렬해졌다. 그에 이세연의 눈빛이 묘하게 번뜩였다.

"저희는 이만 갈 시간이 돼서⋯⋯."

진도운은 자신이 건너온 복도 앞에 섰다. 길을 막는 명백한 그의 의사에 이세연은 석실 한쪽에 서있는 네 명의 사내들에게 시선을 보냈다. 그러자 사내들이 둘씩 짝을 지어서 진도운의 양옆으로 흩어졌다. 그리고 허리춤에서 검을 뽑아들었다. 그들 역시 서피인이라서 그런지 풍기는 기운이 예사롭지 않았다.

채채채쟁!

네 자루의 검이 모습을 드러내자 석실 안의 공기가 무거워졌다. 그리고 사내들의 눈에선 형용할 수 없는 살기가 넘

170

실거렸다. 단순히 이세연의 명령 하나에도 그들은 불구지천의 원수를 본 것처럼 반응하고 있었다.

'저것도 충성심이라면 충성심이겠군.'

진도운은 어이없다는 듯 웃으며 내공을 끌어올렸다.

그그그극!

그가 밟고 서있는 석실 바닥에서 돌 부스러기들이 튀어올랐다. 그가 쏟아내는 내공을 견디지 못하고 석실 바닥이 비명을 지르는 것처럼 느껴졌다.

움찔.

눈에 살벌한 기세를 띠며 다가오던 네 명의 사내들도 그 기운에 놀라 멈칫했다. 그리고 그들의 기운이 살짝 사그라졌다.

그때였다.

후우!

둘씩 있는 사내들 사이로 이세연의 신형이 불쑥 튀어나왔다. 그녀는 양손을 바짝 세워서 매섭게 휘두르고 있었다.

쐐애애애애액!

그녀의 손날에서 수십 줄기의 날카로운 바람이 일어나 서로 뒤엉켜 그물망처럼 진도운의 전신을 덮쳤다. 그 속도가 어찌나 빠른지 그녀가 앞으로 튀어나온 순간, 칼바람으로 만들어진 그물망은 벌써 진도운의 눈앞에서 아른거리고 있었다.

빙글!

171

진도운은 팽이처럼 몸을 한 바퀴 돌리며 양 손을 그물망의 중심에 집어넣고 좌우로 잡아당겼다.

촤아아악!

맹수의 발톱처럼 손가락을 구부러트린 진도운의 손끝에서 칼바람 수십 줄기가 찢어졌다. 그리고 일어난 후폭풍이 그 일대를 집어삼켰다.

후우우우.

전신을 덮치는 바람 속에서도 진도운은 눈 한 번 깜빡이지 않았다. 그런데 그 바람을 뚫고 양쪽에서 네 자루의 검이 찔러 들어왔다.

진한 검기를 머금고 바람을 꿰뚫는 검 끝이 양 옆구리와 배를 향해 나란히 들어왔다.

진도운은 한 발자국 뒤로 물러나며 양손을 앞으로 내밀었다. 그 중 하나는 우측에서 들어오는 두 자루의 검 사이로 밀어 넣으며 좌우로 흔들었다.

따당!

우측에서 찔러 들어오는 두 자루의 검이 좌우로 갈라졌다.

"크흑!"

"읍!"

동시에 두 사내들의 몸도 검을 따라 휘청거렸다.

한편 진도운이 뻗은 다른 손은 좌측에서 들어오는 두 자루의 검을 마주보고 있었다. 그런데 그 손이 빙글 크게 돌더니 금나수처럼 두 자루의 검 끝을 한군데로 모으는 게 아닌가?

"어?"

"어!"

그 두 자루 검의 주인들은 당황해서 검을 이리저리 움직여보지만 그때는 이미 진도운의 손 안에 두 자루의 검이 모두 붙잡힌 뒤였다.

진도운은 손 안에 들어온 두 자루의 검을 잡아당기며 반대쪽 손을 내질렀다.

퍼펙!

나머지 두 사내들이 뒤로 쭈르륵 미끄러졌다. 그들의 손에는 더 이상 검이 보이지 않았고 그들의 앞섶에 선명한 손자국만 하나씩 남아있었다.

진도운은 그들에게서 뺏은 두 자루의 검을 한 손에 하나씩 들었다.

"일단 그 구슬부터 내가 가져가야겠다."

당당하게 말하는 그의 태도에 이세연은 어울리지 않게 깔깔 웃었다.

"대단하네요. 그것이 신환성체의 진정한 모습인가요?"

"모조품은 따라올 수 없는 힘이지."

"모조품인지, 아니면 발전형인지, 그건 아직 모르는 법이죠."

이세연은 발로 땅을 꾹 누르는가 싶더니 쏜살처럼 날아

들었다. 순식간에 지척으로 들어선 그녀가 양손을 모아 앞으로 내질렀다.

퍼퍼퍼퍼펑!

연속해서 터져 나오는 수많은 장력들!

그 기세가 한데 모여 장강의 물결처럼 거대해졌다. 그리고 장력 하나하나가 묵직해서 그 장력이 모두 모였을 땐 태산을 마주한 것 같은 압박감을 받았다.

실로 무지막지한 내공이었다.

파지직!

진도운의 오른팔 전체가 살기에 휩싸였다.

귀살류가 발동된 것이다.

동시에 그가 쥐고 있던 검이 석실바닥으로 떨어졌다. 귀살류를 펼치기 위해선 온몸을 움직여야하기 때문이다.

파앙!

그의 손끝에서 엄청난 파동이 일어나더니 손등부터 손목까지 일자로 반듯하게 세운 그의 오른팔 전체가 앞으로 뻗어나갔다.

그런데 요란한 파동을 울린 것과 달리 오른팔은 고요하게 뻗어나가 그녀가 한데 모은 거대한 장력의 중심을 꿰뚫고 들어갔다.

쉬이이.

바람 빠진 소리가 들리며 그녀의 장력이 허무하게 흩어졌다.

174

그리고 그곳엔 일자로 쭉 뻗어있는 진도운의 오른팔만 조용히 남아있었다.

소리 없이 일어난 완전한 살해.

모든 흔적을 지우고 그 위에 오직 죽음만을 남겨놓는 귀살류의 6초식, 멸절(滅絕)의 본모습이었다.

"으읏!"

돌연 이세연이 두 손을 바들바들 떨며 뒤로 주르륵 미끄러졌다. 뚜두둑, 어느새 그녀의 손바닥은 붉게 물들어서 피부가 다 까지고 피를 쏟아내고 있었다. 귀살류의 멸절 끝에 손에 닿은 것이 화근이었다.

순간, 그녀의 눈빛이 흔들렸다. 방금 눈앞에서 펼쳐진 멸절을 정통으로 맞았다면 이 두 손마저 영영 쓰지 못했을 거란 생각이 들었다.

"제법이군."

진도운도 나름 감탄하고 있었다. 이번에는 내공의 10할까지 끌어올려 멸절을 펼쳤는데도 그녀는 용케 두 손을 빼냈다.

'서피인의 단점이 내공의 부족이었는데 그걸 기악신공으로 해결하니 상당히 성가시게 변했군.'

그동안 기악신공을 통해 얼마나 많은 내공을 흡수한 건지 그녀가 쏟아내는 무공 하나하나마다 엄청난 내공을 담고 있었다.

"위험한 무공이군요."

"그래. 위험하지. 그러니까 어서 그 구슬부터 내놓지 그래?"

"그렇게 연약한 여자를 핍박하면 쓰나요? 누가 보면 강도라도 된 줄 알겠어요."

그때였다.

타다다닷.

진도운의 좌측에서 불현 듯 두 사내가 달려들었다. 그들은 진도운이 멸절을 펼치며 석실바닥에 떨어트려 놓았던 두 자루의 검을 향해 몸을 날린 것이다.

피식.

진도운은 실소를 흘리며 석실바닥을 발로 찼다. 그러자 그 단단하던 석실바닥에 주먹 하나 들어갈 만한 크기의 구덩이가 생기며 두 자루의 검이 섬전처럼 쏘아졌다.

"......!"

"흡!"

달려들던 두 사내 중 한 명은 다급히 허리를 접으며 피했고 다른 한 명은 상체를 뒤로 젖혀 피했다. 하지만 날아든 두 자루의 검이 워낙 빨랐기에 완전히 피하지는 못했다.

촤아아악!

허리를 접은 사내의 등을 검이 스치고 지나갔고 상체를 뒤로 젖힌 사내의 배를 검이 스치고 지나갔다. 피가 튀었지만 그래도 상처가 깊진 않았다.

콰앙!

그들을 스치고 지나간 두 자루의 검이 그들의 뒤쪽에 있는 석벽에 박혔다. 그런데 그 두 사내가 제대로 몸을 일으키자마자 바로 눈앞에 사람 몸뚱이만한 강기 한 가닥이 천둥처럼 번뜩이고 있었다.

진도운이 날려 보낸 강기였다.

두 사내는 뒤늦게 손을 올리며 눈을 질끈 감았다.

파앙!

그런데 두 사내에게 닿기도 전에 그 강기는 허공에서 사라졌다. 그리고 그 자리에 아직도 손에서 피를 흘리고 있는 이세연이 서있었다.

"어머니!"

"왜 그 손으로 무리하게……."

그들은 이세연을 보며 감격을 하다가도 그녀의 손에서 흘리는 피를 보고선 진도운을 죽일 듯이 노려봤다. 그러다가 재빨리 뒤로 달려가 석벽에 꽂혀 있는 검을 뽑았다.

진도운은 그 광경을 보며 어처구니없다는 듯 웃었다.

"제정신이 아니군."

"그래요. 어차피 당신은 이해하지 못할 거라 생각했어요."

그녀가 말했다. 그리고 그 말은 만금성에서 만난 그녀의 자식이 내뱉은 말이기도 했다.

"내가 그딴 걸 이해할 거라 생각했나?"

"이해했으면 이렇게 저를 막고 있진 않았겠죠."

진도운은 피곤하다는 듯 고개를 좌우로 꺾었다.

"그런 건 알고 싶지도 않다. 내가 알고 싶은 건 그 구슬로 들어갈 수 있는 숲이다."

"알고 싶으면 직접 알아보세요."

그녀의 신형이 석실 바닥 위를 미끄러졌다. 동시에 그녀의 양옆에서 네 명의 사내가 다시 한 번 둘씩 짝 지어서 좌우로 들어왔다. 그들이 휘두르는 검에서 수십 줄기의 검기가 맹렬하게 쏟아져 나오더니 서로 뒤엉켜 소용돌이처럼 하나로 묶였다.

갑작스럽게 일어난 검기돌풍이 온 사방을 휘몰아치며 석벽과 석실바닥에 마구 칼자국을 남겼다. 그리고 단숨에 진도운의 전신을 집어삼켰다.

그것도 모자라 이세연이 미친 듯이 장력을 쏟아냈다. 그녀의 손끝에서 실타래처럼 뒤엉킨 수십 가닥의 장력이 줄기차게 뻗쳤다.

콰콰콰콰콰쾅!

석벽 한쪽이 폭삭 가라앉으며 복도 입구가 먼지구름으로 가득 찼다.

"어서 가십시오!"

한 사내가 소리쳤다. 그 말에 이세연이 먼저 몸을 날리고 그녀의 뒤로 네 명의 사내가 줄줄이 몸을 날렸다.

덥석!

그때, 먼지구름 속에서 손이 불쑥 튀어 오르더니 이세연의 발목을 잡았다. 돌가루가 잔뜩 묻어있는 진도운의 손이었다.

"이잇!"

그녀의 신형이 공중에서 휘청거렸다. 그런데 떨어지기 직전, 그녀의 뒤에서 날아든 네 명의 사내가 동시에 검을 휘둘렀다.

쐐애애액!

길게 뿜어져 나온 한 검기가 채찍처럼 휘며 먼지구름 위로 튀어나온 손을 휘감았다. 그리고 나머지 세 가닥의 검기는 먼지구름 속으로 들어갔다.

콰콰쾅!

요란한 진동이 다시 한 번 석실 바닥을 뒤흔들었다.

동시에 이세연의 발목을 잡고 있는 손이 다시 먼지구름 속으로 들어갔다. 그 덕분에 이세연은 먼지구름을 넘어 복도 안쪽으로 들어갈 수 있었다. 뒤이어 다른 네 명의 사내들도 따라 가려고 하자 먼지구름 속에서 진도운의 신형이 불쑥 튀어 올랐다.

먼지구름을 넘던 네 사내 중 가장 앞선 사내의 얼굴이 돌연 옆으로 쭉 빠지며 석벽에 쳐 박혔다. 그리고 그 사내의 얼굴을 진도운의 손이 꽉 누르고 있었다.

"짜증나는군."

뒤이어 먼지구름이 걷히며 옷이 너덜너덜해지고 드문드

문 생채기까지 난 진도운이 모습을 드러냈다. 그의 눈에선 야수처럼 사나운 기세가 폭사되고 있었다.

"그 구슬 때문에 입만은 가만 놔두려고 했건만……."

파지지직!

진도운의 팔을 타고 뻗어간 귀살류의 살기가 석벽에 쳐박힌 사내의 얼굴로 쏟아졌다.

"크으으으으!"

몸을 바들바들 떠는 사내의 눈동자에 흰자위만 떠올랐다. 그리고 입에선 게거품을 물었다.

"……!"

뒤이어 날아들던 3명의 사내는 진도운을 넘지 못하고 그의 앞으로 뚝 떨어졌다.

진도운이 석벽에서 손을 떼자 석벽에 머리가 쳐 박혔던 사내의 머리가 몸과 함께 바닥에 떨어졌다. 그런데 그 순간, 사내의 몸에서 근육이 출렁거리며 알 수 없는 내공이 쏟아져 나왔다.

자신의 생명력을 깎으며 내공을 증폭시키는 망측한 수법이었다. 일전에 똑같은 광경을 목격한 진도운은 곧바로 발을 들어 사내의 머리통을 밟았다.

콰직!

머리통이 처참하게 박살났다. 벽 한쪽으로 핏물과 뇌수가 튀며 사방으로 뼛조각이 나뒹굴었다. 그런데도 남아있는 몸에선 여전히 근육이 출렁거리고 있었다. 하지만 그뿐이었다. 머리를 잃은 몸은 아무것도 하지 못했다.

"……"

그녀는 그 끔직한 광경에 질끈 눈을 감고 고개를 돌렸다. 그리고 이내 주먹을 부들부들 떨며 다시 진도운을 쳐다봤다. 어느새 진도운의 주변으로 나머지 3명의 사내가 달려들었다.

그 3명의 사내에게선 모두 폭발적으로 내공이 증가하고 있었고 반대로 그들의 눈에서 비치는 생기는 뚝뚝 떨어지고 있었다.

"어서 가십시오!"

"우린 이미 늦었습니다!"

잠시 머뭇거리던 이세연은 눈을 감고 몸을 돌렸다. 생명력을 소진시키는 수법을 쓰는 순간 중간에 멈출 수 없다는 걸 알기 때문이다. 여기서 머뭇거려봤자 그들의 희생만 낭비하는 셈이다.

몸을 돌린 그녀는 땅을 박차고 앞으로 쭉 나아갔다.

"누가 가라 그랬지?"

그 순간, 그녀는 온몸을 소름끼치게 만드는 한 줄기 음성을 들었다.

오싹!

그녀는 자신도 모르게 침을 삼키며 뒤돌아보았다. 하지만 진도운의 모습은 세 사내의 몸에 뒤엉켜 제대로 보이지도 않았다. 다만, 진도운의 눈빛만큼은 그 틈을 뚫고 생생하게 빛나고 있었다.

복도 밖으로 나온 그녀는 재빨리 그 건물 밖으로 몸을 날렸다. 여전히 바깥에선 안으로 들어오려는 흑의인들과 구현회의 사람들이 싸우고 있었다. 그 중에서 동쪽은 벌써 뚫렸는지 유독 동쪽에서만 침입자들의 모습이 많이 보였다.

"저기 있다!"

한쪽에서 여러 사내들이 몰려왔다. 그들은 동쪽에 길을 터놓은 서피인들로 구현회 안에서 그녀가 꽤 오랫동안 나오지 않자 그녀를 찾으로 안으로 들어온 것이다.

"침입자들이 들어왔다!"

그때 사방에서 잘 막고 있던 구현회의 사람이 그 광경을 보며 소리쳤다. 그러자 사방에 흩어져 있던 구현회의 사람들과 무림의 유명 인사들이 이세연이 있는 곳을 향해 몸을 날렸다. 그 침입자들이 이세연을 보고 데려가려는 거라 오해한 것이다. 그래서 순식간에 이세연 주변으로 많은 사람들이 몰려들었다.

"이 소저? 괜찮으시오?"

"이 소저!"

엉망이 된 그녀의 몰골을 보고 사내들이 서로 잘 보이겠다며 다가왔다.

"세연아!"

구현회의 회주인 이종호도 그녀가 걱정 돼서 다가오고

있었다. 그러자 그녀를 가운데 두고 한쪽은 침입자들이, 다른 한쪽은 구현회의 사람들과 무림 유명 인사들이 대치하고 있는 엉뚱한 상황이 벌어졌다. 그들은 서로 이세연이 다칠까봐 함부로 손을 쓰지도 못하며 서로를 노려보기만 했다.

그때였다.

콰콰콰콰쾅!

그녀의 뒤로 굳건하게 서있던 이종호의 처소가 폭삭 가라앉았다. 그리고 모래성처럼 온갖 잔해들을 토해냈다.

모든 이들의 이목이 그곳에 집중됐다. 그 건물이 무너졌기 때문이 아니다. 먼지구름이 피어난 곳에서 소름 끼치도록 무서운 기운이 서서히 걸어 나오고 있었기 때문이다.

"……."

군중은 침묵했고 그 먼지구름을 뚫어져라 쳐다봤다. 그들 사이에선 입술이 바짝 말라 침을 삼키는 자들까지 하나, 둘 늘어났다.

저벅저벅.

점차 발소리가 울리며 한 사람이 걸어 나왔다.

진도운이었다.

그런데 그의 한손에 근육이 터질 것처럼 부풀어 올라서 희미하게 숨만 내쉬고 있는 사내가 붙들려 있었다.

"비정아."

그녀가 가느다랗게 떨리는 목소리로 말했다. 아무래도 그게 그 사내의 이름인 듯 보였다.

진도운은 그녀가 보라는 듯이 비정이란 사내를 가슴께까지 들어 올리며 앞으로 내밀었다. 비정의 온몸은 이미 피투성이가 돼서 살아있는 것도 신기해보였다. 더군다나 그의 눈에서 꺼져가는 생기는 희미했다. 그는 그런 상태인데도 불구하고 한 손에는 검을 꽉 쥐고 있었다.

진도운은 비정의 몸을 그녀의 앞으로 내던졌다. 그러자 그녀가 발 앞에 쓰러져 있는 비정의 눈꺼풀을 내려주었다. 그제야 아기 숨소리처럼 희미하던 숨결도 끊겼다.

주변에 있는 구현회의 사람들과 무림의 유명 인사들은 지금 눈앞에 벌어지고 있는 광경이 어떻게 돌아가고 있는지 몰라 서로 머뭇거리기만 하고 있었다.

그때, 진도운은 호흡을 고르며 청천백혼공을 극성까지 끌어올렸다. 그러자 그의 두 눈에서 푸른 기운이 흐르는 듯한 착각이 들었다. 청천백혼공에서 발현된 현묘한 기운이 눈을 통해 새어나오는 것이다.

파지지직.

온몸에서 기품처럼 서려 있던 은은한 기운이 성난 황소처럼 날뛰기 시작했다.

그때, 진도운은 손을 뻗었다. 그러자 비정의 시신이 꽉 쥐고 있는 검 한 자루가 그의 손 안으로 날아들었다. 그 순간, 진도운은 한 발자국 내딛었고 그곳에서 사라졌다.

"어엇!"

순식간에 자취를 감춘 그의 모습에 그곳에 모인 모든 사람들이 눈을 동그랗게 떴다. 그 중에서 진도운의 움직임을 눈으로조차 따라갈 수 있는 사람은 몇 없었다.

휘이이이!

날카로운 바람 한 줄기가 이세연의 귓가를 스쳤다.

그녀는 황급히 몸을 틀며 반대편으로 몸을 날렸다. 마치 개구리가 뛰는 듯한 꼴사나운 모습이었다. 그런데 그녀가 몸을 날린 곳은 구현회의 사람들이 모여 있는 곳이었다.

콰쾅!

그녀가 서있던 자리로 진도운의 발이 내리꽂혔다.

찌릿찌릿!

그 발에서 일어난 경기가 사방에 퍼졌다. 그 부근에 있던 사람들은 모두 피부를 찌르는 따가운 통증을 느꼈다.

그런데 땅바닥에 깊게 발자국을 남긴 그곳에서 진도운이 보이지 않았다. 그와 동시에 이세연의 눈 밑에서 사람 그림자가 불쑥 솟아오르는 게 아닌가?

촤아아악!

눈앞으로 무언가 흐릿한 형체가 솟구쳐 오르고 뒤이어 기다란 핏줄기가 허공으로 떠올랐다. 그 핏줄기를 따라 그녀의 몸도 같이 올라가더니 서서히 뒤로 넘어갔다.

"아……."

그녀는 순간 망치로 얻어맞은 것 마냥 정신이 아득해지는 걸 느꼈다. 그리고 몸 전체에서 아무런 감각도 느끼지 못했다.

"쿨럭."

몸이 붕 뜬 채 뒤로 넘어간 그녀의 뒤로 구현회의 사람이건, 타 문파의 사람이건 가리지 않고 몸을 달려들어 그녀를 두 팔로 받아냈다. 그런데 그들은 하나 같이 그녀의 몸에 남아있는 한 줄기의 혈흔을 보고 얼굴이 하얗게 질려갔다.

그녀의 얼굴에서부터 발끝까지 쭉 이어진 핏줄기에서 핏물이 끊이질 않고 나왔다. 다행히 뼈까지 건들진 않은 것 같지만 살점이 너무 깊게 파여서 지금 흘리고 있는 피만 해도 너무 많았다.

'얕군.'

진도운은 미간을 찌푸렸다. 사람들의 이목이 집중되니 귀살류나 천목수를 펼칠 수 없었다. 그래서 검을 든 것이었지만, 이세연이 마지막 순간에 몸을 뒤로 빼는 바람에 뼈나 내장까진 베지 못했다.

"이, 이놈이……."

그 무리 사이에 껴있던 이종호가 이를 바득바득 갈며 진도운을 노려봤다. 그런데 그때 쓰러져 있던 그녀가 손을 뻗어 자신을 부축해준 사람들 중 한 명의 손목을 꽉 잡았다.

그리고 그 순간……

"끄아아아아!"

손목이 잡힌 자는 온몸을 바들바들 떨며 순식간에 온몸이 쪼그라들었다. 그리고 깨끗하던 피부도 나무껍질처럼 메말라갔다. 동시에 이세연의 몸에서 생기가 불어나기 시작했다. 그리고 몸에서 흘리는 피도 점점 줄어들었다.

그녀는 기악신공을 뽑아낸 생기로 몸을 치료하고 더불어 내공까지 흡수하고 있었다.

"으아아악!"

주변에 몰려든 사람들이 기겁을 하며 뒤로 빠졌다. 하지만 벌떡 몸을 일으키며 손을 날리는 그녀가 더 빨랐다.

덥석!

그녀의 눈은 광기에 젖어 한 손에 한 사람씩, 총 두 사람의 내공과 생기를 빨아들였다.

"끄으……."

"사, 살려……."

두 사람 모두 홀쭉하게 체형이 줄어들며 피부가 푸석하게 메말라갔다. 그리고 점점 그녀의 몸에 난 상처가 아물고 있었다. 더불어 그녀의 내공도 끝을 모르고 늘어나고 있었다.

그녀를 향해 진도운이 발을 내딛자 반대편에 있던 2명의 서피인들이 날아와 그의 앞을 막았다. 구현회를 둘러봐도 그들 말고는 다른 서피인들이 보이지 않았다. 아무래도 그녀가 만든 서피인들은 이게 다 인 듯 보였다.

"기, 기악신공이다!"

구현회의 사람들이 몰려 있는 곳에서 누군가 소리쳤다. 그리고 그 소리에 사람들이 동요하기 시작했다.

"저, 정말 기악신공인가?"

"기악신공이 맞잖아!"

"어, 어떻게 기악신공이 아직까지 있는 거지?"

그 수군거리는 말소리가 늘어날수록 이종호의 낯빛은 시커멓게 죽어갔다. 기악신공을 남겨둔 사실까지 들킨 것도 모자라 그 악마의 마공을 자신의 딸아이가 펼치고 있었기 때문이다.

"세연아. 어째서 네가……."

그는 믿을 수 없다는 듯 말했다.

주변에 있는 무림의 유명 인사들은 하나 같이 이세연과 이종호를 번갈아가면서 쳐다봤다. 그들의 분위기는 금세 냉랭해졌다. 기악신공이 지금 등장했다는 건 그동안 구현회가 기악신공을 없애지 않고 놔두었단 뜻이란 걸 알아차렸기 때문이다.

'저걸 노린 건가?'

진도운은 그 분위기를 감지하고 씁쓸히 웃었다.

그녀가 노리는 것을 잘 알고 있었기 때문이다.

저렇게 무림 전역에서 모여든 사람들이 보는 앞에서 기악신공을 펼친다면 구현회는 스스로 몰락할 것이다. 그녀는 바로 그 점을 노리고 있었다.

이세연의 몸에선 생기와 내공이 넘쳐흘렀다. 그리고 기

악신공이 내뿜는 <u>으스스한</u> 기운이 그녀의 온몸에서 휘몰아쳤다. 그 기운에 눌려 구현회쪽에선 누구 하나 접근하는 이가 없었다.

"저희가 길을 뚫어놨습니다."

"이쪽으로 가시면 됩니다."

그녀의 옆으로 침입자들이 다가와 말했다. 그러자 구현회의 사람들은 눈을 부릅뜨며 그 광경을 믿을 수 없다는 듯이 바라봤다. 특히나 이종호는 얼굴이 새하얗게 질려서 입술을 바들바들 떨었다.

"이세연!"

그가 핏줄을 세우며 소리쳤다. 하지만 이세연은 그 말을 못들은 척 몸을 돌렸다. 그때, 주변에 있는 흑의인들이 몰려들더니 나란히 서서 사람 벽을 만들었다.

"어딜 가느냐!"

"잡아라!"

구현회의 사람들은 이러지도 저러지도 못하고 있을 때, 무림의 유명 인사들은 하나, 둘씩 몸을 날리기 시작했다. 하지만 구현회의 사람들이 나서지 않으니 그들만으로는 흑의인들의 수에 밀릴 수밖에 없었다.

"회주님. 어떻게 하시겠습니까?"

"이대로 보고만 계실 작정입니까?"

구현회의 사람들과 유명 인사들이 이종호를 향해 말했다.

이종후는 눈을 꾹 감고 고개를 돌렸다.

"잡아들여라."

그때가 돼서야 구현회의 사람들도 합류해서 흑의인들을 쳤다.

채채채채챙!

칼과 칼이 부딪히는 소리가 난무하고 비명소리가 끊이질 않았다. 그 수많은 사람들이 서로 뒤엉켜 싸우기 시작하니 이세연의 모습은 금방 파묻혔다. 그리고 흑의인들은 이미 이세연을 대피시키는 데에 어떠한 계획을 짜온 듯 철두철미하게 움직였다.

그 많은 흑의인들이 둘로 나뉘어 한쪽은 쫓아오는 사람들을 막았고 다른 한쪽은 이세연을 둘러싸며 그녀의 모습을 가렸다. 그 기민하고 움직임에 진도운의 눈이 바삐 움직였다.

'어디 있지?'

고개를 이리저리 돌리던 그의 눈앞에 서피인 2명이 서성이고 있었다. 그들은 아까부터 진도운의 앞에 서서 진도운을 막고 있었다. 하지만 보는 사람들이 많아 귀살류나 천목수를 펼치지 못했다. 그래서 그는 아까 뺏어 들었던 검을 쥔 채 그대로 몸을 날려 서피인들을 단숨에 뛰어넘었다. 그리고 흑의인들이 몰려 있는 곳으로 날아들며 검을 질풍처럼 휘둘렀다.

그 검 끝에서 눈부신 검광이 찬란하게 피어났다.

동시에 수많은 검기들이 소낙비처럼 떨어졌다.

콰콰콰콰쾅!

땅을 뒤흔드는 굉음과 함께 먼지구름이 피어올랐다. 그
것마저도 진도운이 검을 휘둘러 검풍(劍風)으로 싹 걷어냈
다. 그러자 수십 조각으로 갈라진 흑의인들의 시신이 드러
났다. 문제는 그곳에 이세연은 보이지 않았다는 점이다.

'음!'

그때, 저 멀리 다섯, 여섯 명씩 무리를 지어 사방으로 흩
어지는 흑의인들을 보았다. 저렇게 이세연을 숨겨 구현회
에서 빼내는 것이 저들의 계획인 듯 보였다.

'저 중에……'

진도운은 일단 땅을 박차며 이리저리 흩어지는 흑의인들
을 쫓았다. 먼저 맨 왼쪽의 무리를 향해 날아든 다음 단칼
에 그들의 목을 베었다. 하지만 그곳에 이세연은 없었다.

진도운은 곧바로 우측으로 몸을 날려 그곳에 있는 흑의
인들을 베어갔다. 하지만 또 이세연을 발견하지 못하고 다
른 무리들을 향해 몸을 날렸다. 그런데 멀리서 진도운을 쫓
던 2명의 서피인들은 제자리에서 서서 진도운이 멀어지는
걸 가만히 지켜보더니 갑자기 반대편으로 몸을 날렸다.

2명의 서피인들은 주변 건물에 숨어 구현회 안쪽으로 들
어가더니, 그대로 구현회를 가로질러서 반대편으로 나왔
다. 그리고 담장을 넘어 구현회 바깥으로 나가자 흑색 경장

을 위에 껴입은 이세연이 나타났다. 그녀는 흑의인들 사이에서 눈에 띄지 않게 미리 흑의를 따로 준비해두었다가 입은 듯 했다.

"저희 둘 뿐입니까?"

그녀를 본 한 서피인이 물었다. 그에 이세연은 씁쓸한 표정을 지으며 고개를 끄덕였다.

"나머지 형제들은 모두 죽은 겁니까?"

이세연은 또 다시 고개를 끄덕였다.

"안타깝게도 그렇게 됐단다."

"누가 형제들을……."

그때까지 묵묵히 있던 다른 서피인이 말했다. 그런데 그때, 그들의 뒤에 서있는 담장 위에서 그림자가 쏙 올라왔다.

"내가 그랬지."

담장 위에선 진도운이 우두커니 서서 그들을 내려다보고 있었다.

"……!"

이세연은 눈을 둥그렇게 뜨며 본능적으로 몸을 뒤로 물렸다.

"하마터면 놓칠 뻔 했어."

진도운은 담장 위에서 그들의 앞으로 가볍게 착지했다.

그가 땅에 발을 디디자 2명의 서피인들이 주춤거리며 물러섰다.

"생각보다 괜찮은 계획이었어. 동쪽에서 소란을 피우고 서쪽으로 빠지다니."

진도운은 피가 잔뜩 묻어 있는 검을 풍차처럼 돌리며 말했다.

"이제 어쩔 생각이지?"

"……."

그를 바라보는 이세연의 두 눈에 살기가 어렸다. 동시에 그녀의 전신에서도 음습하고 사이한 기운이 넘실거렸다. 석실에서 소모한 내공을 방금 전 기악신공을 통해 다시 채운 듯 했다.

'기악신공으로 내공을 흡수해서 그런가?'

진도운은 그 이유를 한눈에 꿰뚫어봤다.

"당신만 아니었다면……."

이세연의 눈에서 살벌한 눈빛이 폭사되었다. 지금 그녀는 자신의 계획이 하나씩 발목 잡히는 것도 모자라 서피인들까지 죽어나가니 속이 꽉 막히는 심정이었다.

"왜 구현회를 무너트리려고 하는 거지?"

진도운은 뜬금없는 물음에 그녀가 눈매를 가늘게 찢었다.

"전 서마고의 환생이니까요. 당연히 그녀의 뜻을 따라 무림을 무너트리는 거죠."

"그럼 왜 만금성에게 했던 것과 다르게 구현회를 무너트리는 거지?"

193

지금 그녀가 구현회를 무너트리는 방식은 만금성을 건드렸던 방식과 달랐다. 그렇다는 건 구현회와 그녀 사이에 자신이 모르는 뭔가가 더 있다는 얘기다.

"역시 눈치가 빠르시네요."

"머리가 좋은 거지."

"그렇지만 여기서 한가롭게 얘기해줄 시간이 없어요. 전이제 도망가야 하거든요."

"누가 보내준다고 그랬지?"

진도운은 돌연 인상을 팍 구기며 검을 머리 위로 들어올렸다.

까앙!

그 순간, 검을 치고 내려오는 두 명의 인영들이 있었다.

옆에서 틈을 보고 몸을 날린 서피인들이었다.

진도운은 검을 들어 서피인들의 주먹을 내치고 몸을 낮췄다. 그리고 바로 앞에서 땅을 밟으려는 두 서피인의 다리를 베었다.

촤아악!

두 서피인 모두 황급히 뒤로 발을 내뺐지만 완전히 피해내지는 못한 듯 살점이 깊게 베였다.

"크흑!"

"흑!"

두 서피인이 동시에 휘청거렸다. 그때 진도운은 신표혈리술을 펼쳐서 그들의 몸 주위를 쌩쌩 돌았다. 그리고 동시에 검을 휘두르려는 찰나, 옆으로 날카로운 바람 한 줄기가 불쑥 들어오는 게 아닌가?

진도운은 다급히 왼쪽 어깨를 뒤로 내빼며 몸 전체를 뒤로 젖혔다. 그 순간, 기다란 바람 줄기가 배를 타고 올라와 왼쪽 어깨 앞까지 찔러 들어왔다. 그 바람은 이세연이 바짝 붙으며 날린 칼바람으로 그대로 있었으면 어깨가 나갔을지도 모른다.

쐐애애액!

진도운은 검을 앞으로 찔러 넣으며 그녀의 목을 노렸다.

"……!"

기세 좋게 달려들었던 그녀는 몸을 뒤로 빼며 고개도 한껏 뒤로 젖혔다. 진도운의 손에서 검이 떨어져 나와 화살처럼 쏘아졌기 때문이다.

쾅!

한 줄기 빛살처럼 날아간 검이 뒤에 있는 나무에 쳐 박혔다.

빈손이 된 진도운은 다리를 바깥쪽으로 차 올려서 그녀의 허리 뒤쪽을 가격했다.

탁!

발길질이 가볍다. 허리가 휘긴 했지만 아프진 않았다. 내심 안도하던 그녀가 눈앞에서 허공으로 튀어 오르는 구슬을 보고 눈을 부릅떴다. 그 구슬은 그녀의 옷 속에서 튀어

 195

나와 진도운을 향해 떨어지고 있었다. 진도운은 처음부터 그 구슬을 노린 것이다.

"이런!"

그녀가 다급히 손을 뻗었지만 진도운이 더 빨랐다.

쑤우우우.

한 줄기 거친 바람이 구슬을 잡고 지나갔다. 그리고 그 바람이 끝나는 곳에서 진도운의 신형이 나타났다.

"이거 하나 얻으려고 그 난리를 피웠는데……. 유감이군. 내 손에 있어서."

그는 빙글빙글 웃으며 구슬을 만지작거렸다.

"……."

그녀는 아랫입술을 질끈 깨물었다. 그리고 한편으로는 암담한 표정을 지었다. 진도운의 손에서 구슬을 빼낼 자신이 없었기 때문이다.

"이대로 포기하려고?"

그녀가 뭐라 입을 열기도 전에 담장 너머에서 시끌벅적한 소리가 들리기 시작했다. 그러자 두 서피인이 그녀의 옆으로 다가와 그녀의 귀에 대고 뭐라 속삭였다. 그 속삭임을 듣는 그녀의 눈빛이 파르르 떨렸다.

"미안하다. 애들아."

그녀는 두 서피인을 꼭 안아주고선 손톱이 살에 박히도록 주먹을 세게 쥐었다. 그리고 진도운을 노려봤다.

"언젠가 다시 만날 일이 있을 거예요."

"……."

"그때, 그 구슬을 가져가죠. 그리고 내 자식들의 목숨을 가져간 대가도 치러야 할 거예요."

그녀는 곧장 뒤로 몸을 날렸다. 하지만 그녀가 서있던 자리에 두 서피인이 남아있었다.

파지지직!

진도운은 곧바로 귀살류를 끌어올렸다. 저 담장 안에서라면 모를까 여기는 보는 이도 없기에 귀살류로 빠르게 끝낼 셈이었다.

진도운은 몸을 날리며 곧장 귀살류의 비구를 펼쳤다. 살기가 치렁치렁 뒤엉킨 그의 손이 단숨에 한 서피인의 가슴을 꿰뚫었다. 그 서피인이 어찌 반응할 틈도 없이 순식간에 벌어진 일이었다.

그런데 그 순간, 다른 서피인이 옆에서 달려들었다. 눈에선 생기가 꺼져갔고 몸에선 내공이 쭉쭉 올라가고 있었다.

'또 그 수법인가?'

그런데 땅을 쿵쾅쿵쾅 울리며 다가온 그 서피인이 진도운을 잡으려고 두 팔을 활짝 벌렸다. 아마도 진도운의 몸을 잡고 못 쫓아가게 시간을 끌려는 속셈이라.

진도운은 비구를 펼친 손을 거둬들였다. 그 순간, 그의 전신에서 살기가 요동쳤다.

파지지지직!

그의 전신에서 뿜어져 나온 살기가 그의 오른 손 안으로

 197

모여들더니 구름처럼 뭉게뭉게 피어올랐다. 진도운은 한 손에 모인 그 살기 덩어리를 무섭게 달려드는 서피인의 몸 한 가운데에 찔러 넣었다.

멈칫!

온갖 근육을 출렁거리며 달려들던 서피인이 그 자리에서 멈춰 섰다. 눈빛도, 숨소리도, 움직이지 않고 들리지도 않았다. 그 순간, 서피인의 몸에서 힘줄이 불거지더니 활화산처럼 터졌다.

추욱!

그의 온몸에서 피가 솟구쳐 오르며 피부가 뜯겨져 나가 걸레처럼 너덜너덜 거렸다. 동시에 그의 무릎도 풀썩 꺾였다.

"끄으……."

그는 괴상한 신음소리를 내며 앞으로 넘어졌다. 그리고 더 이상 꿈쩍하지 않았다.

귀살류의 4초식, 천악(天握)을 정통으로 맞은 대가였다.

진도운은 그 시신에 눈길 한번 주지 않고 곧장 몸을 날렸다. 헌데, 신표혈리술을 펼쳐서 바람처럼 날아간 그의 신형이 숲 한 가운데에 멈췄다.

"놓친 건가?"

그가 멈춘 곳 앞에 이세연이 입고 있던 옷이 놓여있었다. 그녀는 아무래도 흔적을 남길만한 건 다 버리고 도망친 듯 보였다.

진도운은 그 옷을 쥐고 몸을 돌렸다. 그리고 두 서피인의 시체가 남아있는 곳으로 다시 돌아왔는데, 그곳에 익숙한 얼굴의 사내가 서있었다.

구현회의 회주 이종호였다.

그는 자신을 빤히 쳐다보다가 자신의 손에 들린 옷자락을 한 번 흘겼다.

"세연이는……."

"놓쳤소."

진도운은 그 옷자락을 이종호의 앞에 던지며 말했다. 그런데 그 말에 이종호는 안심하는 건지 아니면 걱정하는 건지 뜻 모를 표정이 떠올랐다.

"공자께선 만금성에서 오신 분이 아니요?"

이종호는 공길건과 같은 마차에서 내린 진도운을 기억하고 있었다. 만금성에서 사람이 온 건 이례적인만큼 기억하기도 쉬웠다.

"그렇소."

"만금성에서 오신 분께서 어찌 세연이를 쫓고 있단 말이오?"

"그보다 구현회가 지금까지 기악신공을 가지고 있는 이유부터 설명해야하지 않겠소?"

하지만 그 말에도 이종호는 표정 하나 변하지 않았다.

"혹 세연이가 다른 말은 안 하더이까?"

그 슬쩍 떠보는 말에 진도운은 피식 웃었다.

"뭐가 묻고 싶은 것이오?"

"아니오. 그냥 물어봤소."

이종호는 몸을 돌려 담장을 넘었다. 진도운도 그를 따라 담장 안으로 들어갔다.

담장 안의 상황은 처참하기 그지없었다. 흑의인들의 시신들은 사방에 깔려 있었고 그 안에 구현회의 사람들과 무림 유명 인사들의 시신도 심심치 않게 보였다. 그나마 흑의인들이 중간에 이세연을 대피시켰다고 판단을 내리고 도망쳤는지 싸움은 끝나있었다.

天水鬼工

10장.
개문

10장.
개문

　무림의 유명 인사들은 싸움이 끝나자마자 더 있기 싫다
는 듯 서둘러 구현회를 나섰다. 그들은 뒤도 돌아보지 않고
각자의 문파로 돌아갔고 진도운 역시 그 사이에 껴서 구현
회를 떠났다.

　채 하루가 지나기도 전에 구현회에서 기악신공을 숨기고
있었다는 소문이 퍼졌다. 그리고 그 기악신공을 이세연이
익혔고 그것도 모자라 그녀는 기괴한 흑의인들을 이끌고
구현회를 습격했다는 소문도 나돌았다.

　그녀를 두고 숱한 추측이 난무했다. 하지만 구현회는 입
을 다물었고 봉문이라도 한 것처럼 문을 걸어 잠갔다. 그들
은 소문에 대해 어떠한 답변도 하지 않고 침묵을 지켰다.

하지만 진도운이 만금성에 도착할 때쯤 이미 구현회에서 벌어진 일은 무림 전역에 퍼져 있었고 이세연은 300년 전 무림을 휩쓸었던 성혼마의 앞 글자를 따서 성혼마녀라는 희대의 악명으로 불리게 됐다.

진도운은 만금성으로 돌아오자마자 장로들을 소집해서 회의에 들어갔다. 그리고 지금 한참 떠들썩한 이세연이 만금성을 노리고 있다는 사실을 말해주고 그 이면에 사평호와 얽혀있는 속사정도 말해주었다.

장로들은 분노했다. 여기저기서 노성이 터져 나왔고 다들 바득바득 이를 갈았다. 하지만 그 중의 단 한 사람도 사평호를 내쫓자는 사람은 없었다. 그들의 분노는 오직 이세연에게만 향했다.

"감히 누가 만금성을 건드린단 말입니까?"

공길건이 살벌하게 눈을 뜨며 한 말이었다. 그리고 그 말이 장로들의 심정을 대변해주었다.

진도운은 최기산 장로가 벌인 배신의 행각을 말해주며 장로들의 분노에 화를 지폈다. 그리고 그의 후임으로 온 문철중 장로를 통해 만금성의 땅을 모두 정리했음을 밝혔다.

한바탕 분노가 휩쓸고 가고 사평호가 만금성을 문파로 전환하는 일에 대해 보고를 올렸다. 딱히 새로울 건 없었다. 마지막에 준비가 끝났다는 말만 빼면 대부분이 알던 내용 그대로였다. 그리고 이렇게 빨리 마무리가 될 수 있었던 건 백성수가 지난 수십 년 전부터 준비해온 기반이 있기 때문에 가능한 일이었다.

"만금성이 문파로 바뀌면 백도든, 흑도든, 지금처럼 호의적으로 굴진 않을 것이오."

진도운의 말에 장로들은 고개를 끄덕였다. 그들 역시 예상하고 있는 일이었다. 하지만 어느 누구도 두려워하는 기색이 없었다.

'다들 각오가 단단하군.'

문득 일전에 사평호가 했던 말이 떠올랐다.

–하긴, 성주님에겐 어머니 되시는 분이 그런 일을 당했으니…….

진도운은 백우결의 어머니가 겪은 그런 일이란 게 무엇인지 궁금했다. 그렇다고 물어봤다간 그 즉시 자신을 수상하게 여길 게 뻔했기 때문에 물어볼 수 없었다.

"성주님. 한 가지 걱정되는 점이 있습니다."

공길건이 옆에서 물어왔다.

"무엇이오?"

"문파로 바뀌게 되면 그동안 만금성이 운영해오던 여러 사업장은 어떻게 되는 겁니까?"

중원 전역에 퍼져 있는 만금성의 사업장들은 만금성의 돈을 지원받는 대문파들이 뒤에서 봐주고 있었다. 하지만 만금성이 문파로 바뀌게 되면 그것도 끝이다.

보통 이런 경우엔 산하에 지단과 분타를 설치해서 사업장을 지켰다. 하지만 만금성에서 문파로 차출 된 인원으로 무림 전역에 있는 사업장을 지키기엔 부족했다.

"안휘성의 사업장들만 남기고 나머지는 정리하시오."

문파가 있는 지역의 상단들을 봐주며 그 지역에 자연스럽게 녹아드는 것이 바로 일반적인 문파들의 방식이었다. 만금성 역시 그 방식에 따라 움직이는 것이다.

"알겠습니다."

"그리고 안휘성에 분타를 설치해서 안휘성에 남겨놓은 사업장을 지키시오."

"남궁세가와 철마방에서 가만히 보고만 있지 않을 겁니다."

남궁세가와 철마방은 각각 백도와 흑도에서 안휘성을 대표하는 문파들로 현재 안휘성의 이권을 서로 양등분해서 차지하고 있었다. 그런 그들이 자신들의 앞마당인 안휘성에 분타를 설치하는 걸 가만히 두고 볼 리 없었다.

"분타를 설치하든 안하든 어차피 그들은 바로 견제를 들어올 것이오."

그동안 같은 안휘성에 있었지만 만금성은 문파가 아니기에 그 둘의 견제 속에서 자유로울 수 있었다. 물론 만금성이 몰래 지원해주는 자금도 한몫했다.

"그렇다고 소란스럽게 새로 건물을 지을 필요 없소. 기존에 있는 건물들을 매입해서 분타로 삼으시오."

그 말에 만금성의 사업장을 담당하고 있는 산태소 장로가 조심스럽게 입을 열었다.

"중원 전역에 있는 사업장들을 정리하려면 시간이 좀 걸릴 것 같습니다."

"얼마나 걸릴 것 같소?"

"일 년 가까이 걸리지 않겠습니까?"

"반 년 주겠소."

땅을 내다 파는 것과 사업장을 정리하는 건 차원이 다른 일이었다. 하지만 진도운은 그 기한을 반으로 뚝 잘랐다. 그 말에 산태소 장로는 일순 멈칫했지만 이내 다시 고개를 숙였다.

"알겠습니다."

진도운의 고개가 바로 우측에 앉아있는 사평호에게 향했다.

"내가 새로 정립한 무공들은 잘 익히고 있소?"

"그렇습니다. 문파로 차출된 사람들 말고도 만금성의 모든 이들이 수련하고 있습니다. 그리고 뒤늦게라도 재능이 두드러지는 인재가 있으면 바로바로 차출해오고 있습니다."

사평호는 씩 웃으며 말을 이었다.

"그리고 기존에 이미 신환비술의 무공들을 익힌 기초가 있으니 성주님께서 새로 정립한 무공들도 반년이면 그럭저럭 쓸 만한 수준까지 성취를 이룰 것 같습니다."

진도운은 만족스러운 미소를 지으며 고개를 끄덕였다. 그 뒤로도 밤늦게까지 몇 가지 안건에 대한 회의가 진행되었다.

　달이 진하게 박혀 있는 깊은 밤.
　그제야 처소로 돌아온 진도운은 처소까지 쫓아온 사평호를 보며 의자에 앉았다.
　"내공을 녹여주러 왔소?"
　"그것도 있고 한 가지 물어볼게 있어서 그렇습니다."
　"말해보시오."
　사평호는 어울리지 않게 머뭇거리다가 입을 열었다.
　"이세연이 서마고가 맞는 겁니까?"
　"본인은 그렇게 주장했소."
　그 말에 사평호의 표정이 미묘하게 변했다.
　"한 가지 이상한 점이 있습니다."
　"말해보시오."
　"일전에 이세연을 봤을 때에는 굉장히 젊어보였습니다만."
　"방년으로 알고 있소."
　"서마고의 자식들이 본방을 쳤을 때는 상당히 오래전에 일어난 일입니다."
　진도운이 멈칫했다.
　"얼마나 오래전 일이오?"
　"이세연의 나이가 방년이 맞다면 그때 당시 이세연은 태어나지도 않았을 때입니다."

진도운은 한쪽 눈썹을 쭉 끌어올렸다.

"그게 사실이오?"

"전대 성주님을 이세연이 구해줬다고 했을 때 저도 수상하게 여겼습니다만 이세연의 나이가 맞지 않아 서마고 일거라 생각도 못 했습니다."

하지만 최기산과 결탁했던 서마고의 자식은 분명히 이세연과 관계가 있었다. 구현회에서 분명 이세연이 자기 자식을 내놓으라고 했으니 그건 확신할 수 있었다.

"어쩌면 구현회와 연관이 있을 수도 있소."

"구현회요?"

전혀 의외의 말에 사평호가 눈을 크게 떴다.

"그렇게 보였소. 이세연과 구현회 사이에……. 정확히 말하자면 이종호와 뭔가 있는 것 같았소."

진도운은 일전에 이종호가 자신을 떠보는 것처럼 물었던 걸 기억해냈다.

'이세연에게 뭔가 들은 게 없냐고 물었었지.'

하지만 무엇 하나 섣불리 짐작할 수 없었다. 도통 어느 것 하나 감이 잡히는 게 없었기 때문이다.

⸕

그 뒤로 만금성은 크게 두 가지 일로 정신없이 시간을 보냈다. 한 가지 일은 중원 전역에 퍼져 있는 사업장을 정리하는 일이었고 다른 쪽 일은 진도운이 새롭게 정립한 신환 비술의 무공들을 수련하는 일이었다.

그 중에서 사업장을 정리하는 일은 다른 부서까지 합심 해서 도와줄 정도로 박차를 가했다. 덕분에 그만큼 빠르게 사업장을 정리할 수 있었다.

그렇게 반 년 가까이 시간이 지나고 진도운은 그간 열심 히 일을 해온 만금성의 사람들을 위해 연회를 열었다. 그리 고 그 자리에서 한 장로의 넋두리를 듣다가 만금성이 문파 로 바뀌게 된 비사를 들었다.

꽤 오래된 일이었다. 그 당시 만금성의 성주였던 백성수 의 부인, 유소이는 유람 차 만금성을 떠났다가 무림인들의 싸움에 휘말려 죽었다. 그런데 하필이면 그 싸움이 백도와 흑도 사이에서 발발한 싸움으로 한, 두 문파가 엮여있는 게 아닌 꽤 큰 싸움이었다.

백성수는 그 싸움에 얽힌 백도와 흑도의 문파들을 찾아 가 따졌지만 백도건, 흑도건 다 똑같이 서로의 탓만 해댈 뿐 잘못했다는 문파는 나오지 않았다. 그래서 백성수는 그 뒤로 만금성의 돈을 받은 양측 문파들에 도움을 청했지만 그들은 흉수를 찾는 시늉만 보였다. 그렇게 큰 싸움이 벌어 진 곳에서 딱 한 사람을 죽인 자가 누군지 찾아내는 건 불 가능한 일이었기 때문이다.

그래서 백성수는 흑도와 백도 양측에 융통하던 자금을

끊었다. 그러자 흑도는 대놓고 돈을 달라며 무림 전역에 퍼져 있는 사업장을 공격했고 백도는 자신들이 관여할 일이 아니라며 가만히 지켜보기만 했다. 그들 입장에서는 더 이상 돈을 받지 않으니 굳이 나서서 피를 볼 필요가 없었다.

결국 백성수는 돈만으로는 한계가 있다는 걸 깨닫고 다시금 백도와 흑도, 양측에 자금을 융통하면서 그들의 눈을 피해 힘을 키우기 시작했다.

'불운한 사고였군.'

대게 무림인들은 일반 백성들이 있는 곳에서 싸우지 않으려고 한다. 하지만 언제 무슨 일이 일어날지 모르는 무림에서 그런 걸 매번 지킬 수 있는 건 아니었다.

'유소이가 그런 경우겠지.'

그래서 장로들은 진도운이 만금성을 문파로 바꾸는 일을 재촉해도 절대 만류하는 법이 없었다. 오히려 몇몇 장로들은 하루라도 빨리 문파가 돼서 은혜도 모르는 것들에게 더 이상 돈을 보내주지 말자고 했다.

하지만 그걸 반대하는 장로들도 있었다. 그들 역시 유소이를 생각하면 화가 나지만 그동안 융통해오던 자금을 한 번에 다 끊었다간 유소이 때처럼 백도와 흑도 양측에서 외면 받을 수도 있으니 천천히 줄이자는 쪽이었다.

그 수많은 의견들 속에서 진도운은 결단을 내렸다.

"자금을 모두 끊을 것이오."

연회가 끝나갈 무렵 진도운이 한 말이었다.

예전에는 만금성이 힘이 없어서 양측에서 밀어붙이는 걸 감당하지 못했다지만 지금은 힘이 있었다.

진도운의 말에 장로들은 더 이상 그 일 가지고 왈가왈부하지 않았다. 성주의 말은 절대적이기 때문이다.

♯

나른한 봄기운이 올라오다가도 냉랭한 겨울바람에 막혀 수그러드는 그때, 안휘성 끝자락에 위치한 어느 폐가 앞에서 한 젊은 사내가 멈춰 섰다.

그는 바짝 마른 체격에 하늘색 구름이 새겨져 있는 하얀 옷을 입고 머리에는 하얀 관모를 쓰고 있었다. 그리고 뱀의 것처럼 쭉 찢어진 눈매에서 서슬 퍼런 눈빛을 흘리고 있었다.

그는 천수악의 네 번째 제자인 사현번자(思現繁者) 단유휘였다.

가만히 폐가를 바라보는 단유휘의 뒤에서 시원하게 껄껄 웃는 목소리가 튀어나왔다.

"안으로 들어가면 되네."

그 말에 단유휘는 뒤를 돌더니 그곳에 서있는 두꺼비처럼 생긴 노인을 보았다. 그 노인은 다름 아닌 사평호였다.

사평호는 신분을 숨긴 채 백선문을 찾아가 거짓으로 위험을 받고 있다고 말하며 백선행을 청했다. 진도운의 명을 받고 단유휘를 데려오기 위함이었다. 사평호는 일전에 진도운을 만금성으로 데려오면서 단유휘와 만난 적이 있었으니 그가 당연히 자신을 알아볼 거라 생각했다. 그리고 실제로도 알아봤다.

단유휘는 그를 보자마자 진도운이 보냈다는 걸 깨닫고 자청해서 백선행을 나와 여기까지 온 것이다.

단유휘는 말없이 사평호를 보다가 폐가 안으로 들어갔다. 그 안에는 툭 튀어나온 툇마루에 혼자 앉아있는 진도운이 있었다.

"오랜만이구나."

진도운은 나직이 말했다.

"오랜만입니다."

단유휘도 나직이 말했다.

그 뒤로 서로 한동안 말이 없었다. 그런데 그 침묵 속에서 단유휘는 진도운의 몸을 위아래로 훑어보기 바빴다. 진도운의 모습이 예전과 많이 달라졌기 때문이다.

진도운은 이제 골격이 진하게 드러날 만큼 마른 체격이 됐지만 단유휘는 그걸 보고 놀라는 게 아니었다. 그의 온몸에서 조용히 숨을 죽이고 있는 기운 때문에 놀란 것이다.

'아무 것도 느껴지지 않는군.'

자신의 무위로는 아무리 그의 기세를 파헤쳐 봐도 그의 기세가 느껴지지 않았다. 하지만 모든 것이 평범해 보이는 그의 몸에서 딱 한 군데만 특별해 보였다.

현묘한 기운이 은은하게 감돌고 있는 두 눈.

단유휘의 시선은 그 눈에 고정되었다.

"청천백혼공이 극성에 오르신 겁니까?"

"그래. 알아보는 구나."

단유휘의 눈빛이 미묘하게 흔들렸다. 아직 본인도 오르지 못한 경지였다. 그간 극성을 눈앞에 두고 깨달음이 부족해 숱한 좌절을 겪었건만…….

'무공을 익힌 지 얼마 되지도 않은 사람이 어떻게…….'

진도운이 구야혈교의 일만 무학을 통달했다는 걸 모르는 단유휘는 진도운의 눈부신 성장에 놀라워하고 있었다.

"무슨 일로 저를 부르신 겁니까?"

단유휘는 다시 무표정한 얼굴로 돌아와 물었다.

"이제 곧 만금성은 개문을 할 것이다."

개문, 문파를 새롭게 여는 걸 말함이다.

그 뜻을 알아들은 단유휘가 눈썹을 꿈틀거렸다.

"그래서 그동안 만금성의 사업장을 정리하는 거였습니까?"

"나름 조용히 정리한다고 했는데, 시나귀들의 귀를 피할 순 없었나 보군."

"중원 전역에 퍼져 있는 만금성의 사업장이 몇 개인데, 그걸 모르겠습니까? 그런데 그것 때문에 저를 부르신 겁니까?"

진도운은 가볍게 고개를 끄덕였다.

"네가 대나귀의 명을 거절하고 나를 보내준 것처럼 나도 미리 알려주는 것이다."

만금성이 문파로써 본격적으로 활동을 시작한다면 진도운이 살아있다는 소식을 숨길 수 없을 것이다. 그럼 단유휘의 입장이 곤란해질 테니 이렇게 미리 귀띔을 해주는 것이었다.

"저도 이제는 대나귀가 어찌 나올지 모르겠습니다. 만금성이 문파로 바뀌는 건 예상하지 못한 일이라……."

"한 가진 확실하지. 내가 살아있다는 걸 알면 대나귀를 속인 너도 위험해진다."

단유휘는 고개를 저었다.

"저도 어떻게 될지 모릅니다. 작금의 대나귀는 워낙 종잡을 수 없는 사람이니까요. 지금 제가 확신할 수 있는 건 하나뿐입니다."

"그게 뭐지?"

"대나귀는 백선문이 지독하게 결백한 걸 원합니다. 그리고 그걸 위해서라면 뭐든지 할 사람입니다."

진도운은 피식 웃었다.

'그러니까 나를 죽이라고 했겠지.'

애초에 대나귀는 백선문을 위해서라면 손에 피를 묻히는 것도 꺼려하지 않는 존재다. 그런 자에게 진도운이 만금성의 성주라는 것이 중요할 리 없었다.

"한 가지 물을 게 있다."

"뭡니까?"

"예전에 만금성 주변에 시나귀가 한 명 있다고 했지? 내가 만금성의 후계자라는 걸 대나귀에게 알려준 것도 그 시나귀였고……."

"……."

"그때 네가 한 말을 더듬어보면 그 시나귀는 만금성 안에 있는 게 아니라 만금성 주위에 있다고 했는데."

"그랬죠."

"혹시 우리가 이번에 정리 중인 사업장 중에 있는 것이냐?"

외부인이 만금성과 가장 가깝게 지내는 방법은 만금성에게 장사 수완을 인정받아 만금성의 사업장에 들어가는 것뿐이다.

"맞습니다. 그 안에 있습니다."

진도운의 눈빛이 꿈틀거렸다.

"누구지?"

"궁금하십니까?"

"그래. 궁금하다."

앞으로 만금성이 문파로써 움직이려면 그 안에 불순물이 끼어 있으면 안 된다. 작은 틈 하나가 전체를 무너트리는 법이다.

그런데 단유휘가 고개를 애매하게 꺾었다.

"그것까진 말해주기 곤란하군요."

"너를 위해서라도 말하는 게 좋을 텐데."

"어차피 만금성이 문파로써 활동하다보면 대나귀는 언젠가는 그대가 살아있다는 걸 알게 될 겁니다."

단유휘는 진도운의 눈을 쳐다보며 말을 이었다.

"헌데, 시나귀를 알아내서 어쩔 생각입니까?"

"시나귀를 이용해서 대나귀를 몰아내야지."

"……"

"나를 죽이려고 했는데 이대로 내가 가만히 있을 거라 생각했나?"

단유휘의 눈빛이 묘하게 번뜩였다.

"볼수록 다른 사람 같습니다. 제가 알던 백우결은 다른 사람 앞에서 그런 말을 함부로 내뱉는 사람이 아니었는데."

"다르게 말했어도 어차피 네가 믿을 것 같지 않았다."

그 말에 피식 웃은 단유휘는 이내 결심을 한 듯 숨을 들이마셨다.

"만금성이 운영하는 전장(錢場) 중에서 만금성의 사람이 아닌 외부인이 계약을 맺고 전장을 운영하는 곳이 있습니다."

"그런 곳이 몇 군데 있지. 한, 두 곳이 아니라."

"만금성 주변에 있어야 하니, 당연히 만금성이 있는 안휘성 안에 있어야 하지 않겠습니까? 그곳의 장주가 시나귀입니다."

진도운은 알겠다는 듯 고개를 끄덕이다가 이내 그를 빤

217

히 쳐다봤다.

"그렇군. 그런데 이대로 순순히 알려주는 건가?"

"저도 그대와 같은 생각이니까요. 작금의 대나귀는 물러날 필요가 있습니다."

"왜지?"

"지금 대나귀는 앞뒤 가리지 않고 움직이고 있습니다. 지켜야 할 최소한의 선이란 걸 몰라요."

그건 천수악의 첫 번째 제자인 자신을 죽이라고 내린 명령만 봐도 알 수 있었다.

"스스로 통제가 안 되나보군."

"이대로 가다간 분명 문제가 생길 겁니다."

진도운은 문득 시나귀의 비동에서 보았던 책의 내용을 떠올렸다.

"예전에 시나귀들이 자신들을 자유롭게 놔주지 않으면 이 모든 걸 폭로하겠다고 하자 22대 대나귀가 직접 21대 대나귀를 죽이면서 조용히 일을 마무리 지었다는 내용의 책을 본 적이 있는데."

"맞습니다."

"그런데 어떻게 시나귀들이 다시 대나귀 밑에서 일하고 있는 거지?"

"그건 시나귀에게 직접 들어보시죠. 그 일에 대해 저보다 더 생생하게 말해줄 겁니다."

단유휘는 그 말을 내뱉으며 몸을 돌렸다.

"그리고 다음부터는 이렇게 불러내지 마십시오. 저는 엄연히 백선문의 사람이고 그대는 만금성의 사람입니다."

"나 또한 백선문의 제자이지 않느냐?"

"백선문에 그대가 돌아올 자리는 없습니다. 이미 백선문은 그대를 마음속에 묻었습니다."

단유휘는 그 말만 남기고 밖으로 싹 나가버렸다. 그리고 얼마 지나지 않아 사평호가 껄껄 웃으며 들어왔다.

"얘기는 잘 끝났습니까?"

진도운은 고개를 끄덕이며 툇마루에서 일어났다. 그리고 구름이 얼마 없는 푸른 하늘을 올려다봤다.

"지금쯤이면 중원 각지에 있는 대문파들에게 서찰이 도착 했겠군."

그의 혼잣말에 사평호가 고개를 숙였다.

"그럴 겁니다."

"우리도 만금성으로 돌아갑시다."

진도운은 뒷짐을 쥐며 폐가 밖으로 나갔다.

‡

만금성에서 보내는 자금은 항상 같은 날 같은 시간에 도착했다. 만금성하고 멀리 떨어져 있는 곳엔 조금 더 일찍 보내고 만금성하고 가까운 곳에는 조금 더 늦게 보내는 등 만금성은 자신들의 돈을 받는 문파들이 동시에 받게끔 시간 조절을 했다. 그래야지만 문파들 사이에서 누군 일찍 주고 누군 늦게 줬냐는 등 뒷말이 나오지 않기 때문이다.

그래서 항상 그 시간이 되면 대문파들은 입구 앞에 일꾼들을 내보냈고 오늘도 어김없이 중원 각지에 있는 대문파들 앞에는 백도와 흑도를 망론하고 사람들이 많이 나와 있었다.

그런데 오늘은 그 시간이 지나도 만금성의 마차는 보이지 않았다. 대신 웬 큼지막한 전서구들이 그 시간에 맞춰 대문파들의 담장을 넘었다.

그 전서구의 발에 묶여있는 통에는 만금성의 직인이 찍혀 있었고 그 통 안에는 한 장의 서찰이 들어 있었다. 그 서찰은 곧장 각 문파의 장문인들에게 전해졌고 장문인들은 서찰을 받은 자리에서 곧바로 서찰을 읽어보았다. 그리고 서찰을 읽어보는 그들의 얼굴은 한결같이 굳어갔다.

그 서찰에는 더 이상 자금을 보내지 않겠다는 내용과 그 아래에 앞으로 만금성이 무림의 문파로써 활동한다는 내용도 적혀 있었다. 그리고 마지막에 만금성은 백도도, 흑도도 아닌 자신들만의 길을 걷겠다며 귀찮게 하지 말라는 내용도 한, 두 줄 적혀 있었다.

그로부터 이틀 뒤, 진도운은 집무실 안에서 만금성으로 날아드는 수많은 서찰들을 일일이 읽어보고 있었다. 흑도에서 오는 서찰들은 대게 만금성을 협박하는 내용이었고 백도에서 온 서찰에는 대부분이 유감이라고 정중히 말하고 있지만 그 안에는 만금성을 가만 두지 않겠다는 은근한 힘이 실려 있었다.

"재미있군."

진도운은 손에 들고 있던 서찰을 탁자 위에 놓으며 맞은편에 서있는 사평호를 쳐다봤다.

"지금 여기 있는 서찰들을 하나도 버리지 마시오."

"남겨두실 작정입니까?"

"나중에 이 서찰들을 일일이 되돌려줄 생각이오."

"……."

사평호는 잠시 멈칫했다가 이내 알겠다며 고개를 숙였다. 그에 사평호가 탁자 위에 너저분하게 널려 있는 서찰들을 탁자 한쪽에 차곡차곡 쌓았다.

그때였다.

"성주님."

문밖에서 젊은 청년이 안으로 들어왔다.

"무슨 일이냐?"

"철마방에서 서찰이 왔습니다."

"또 왔단 말이냐?"

"예."

청년은 진도운의 앞에 서찰을 내려놓고 다시 밖으로 나갔다.

진도운은 그가 놓고 간 서찰을 펴서 한 눈에 서찰 내용을 훑었다.

"뭐라고 합니까?"

사평호가 물었다.

"만나서 얘기하자는 구려."

진도운은 그 자리에서 종이를 꺼내고 붓을 들었다. 그리고 순식간에 그 종이에 글씨를 채워갔다. 그런데 옆에서 그 종이를 보고 있던 사평호가 돌연 고개를 갸웃거렸다.

"지금 철마방 놈들을 만금성 안으로 초대하는 겁니까?"

"그렇소."

"그놈들이 초대한다고 순순히 오겠습니까?"

진도운은 대답 대신 턱으로 철마방에서 온 서찰을 가리켰다.

"읽어보시오."

그 말에 철마방의 서찰을 집은 사평호는 한눈에 쭉 읽어갔다. 그 안에는 자신들이 만금성을 방문하든 아니면 만금성에서 철마방을 방문하든 만나서 얘기하자는 내용과 함께 이 서찰을 무시하면 안휘성에 남아있는 사업장이 무사하지 못할 거라는 으름장도 적혀 있었다.

"껄껄. 이놈들 하는 짓이 꼭 뒷골목에서 놀아나는 무뢰배들과 다를 게 없습니다."

"원래 흑도들이 그렇게 거리낌 없지 않소?"

사평호가 어깨를 으쓱거렸다.

"만금성에서 하도 많은 돈을 보내니 그동안 호사스러운 생활을 누렸을 텐데, 이제 그걸 못 누리게 된다고 생각하니 초조해하는 것 같습니다."

"이미 한 번 호화스러운 생활에 맛 들린 이상 예전처럼 돌아가기 싫을 것이오. 그리고 그동안 만금성 안으로 외부인을 들인 적도 없고 또 갓 문파로 전환한 우리를 얕보고 있을 테니, 그들은 기선을 제압하기 위해서라도 올 것이오."

철마방은 남궁세가와 더불어 안휘성을 대표하는 대문파로 애초에 그들이 자신의 앞마당에서 만금성이 문파로 바꾸는 걸 좋아할 리 없었다. 그것도 모자라 자금마저 끊겠다고 하니 철마방은 자신들을 우습게 보는 처사라며 절대로 가만 두지 않겠다고 서찰을 보낸 것이다.

'돈으로 움직이는 만금성이 아니라면 철마방이 아니라 그 누구라도 우습게보겠지.'

만금성이 무서운 건 돈으로 세상을 움직일 때지 무력으로는 아니었다.

진도운은 붓을 내려놓으며 그 종이를 둘둘 말아 사평호에게 건넸다.

"철마방에 보내시오."

"알겠습니다."

사평호는 고개를 숙이며 그 종이를 들고 밖으로 나갔다.

안휘성의 성도인 합비를 기준으로 남쪽은 남궁세가의 영역이고, 북쪽은 철마방(鐵魔幇)의 영역이었다. 그리고 만금성은 그 사이에 껴서 동쪽의 어느 외진 곳에 자리 잡고 있었다.

그중에서 철마방은 안휘성 북쪽에 있는 고진에 총타를 두고 안휘성 곳곳에 분타를 설치해서 영향력을 키웠다. 그 결과, 처음에는 남궁세가에 밀려 안휘석 구석에 쳐 박혀 있던 철마방이 200년 만에 세력을 넓히고 안휘성의 반을 지배하게 되었다. 물론, 그들의 막강한 무력도 한몫했다.

철마방은 하위에 있는 5개의 조직과 중간에서 실질적으로 활동하는 3개의 조직, 그리고 위에서 철마방을 이끌어가는 하나의 조직으로 이루어져 있었다. 그 중에서 무력이 가장 집중된 곳은 중간에 있는 3개의 조직이었다. 그들이 실제로 철마방을 대표해서 활동하기 때문에 그 세 조직에 철마방의 고수들이 가장 많이 편중되었다.

그 세 조직을 일컬어 철마삼위단(鐵魔三威團)이라 불렀으며 그 조직에 속한 사람들은 하위에 있는 5개의 조직, 철마오군단(鐵魔五群團)의 사람들을 얼마든지 차출해갈 수 있었다.

멀리서 수많은 부하들을 대동한 채 만금성을 바라보는

224

두 중년의 사내가 있었다. 그들은 철마삼위단 중의 하나인 철마일령단(鐵魔一靈團)에 소속된 자들로 표면적으로는 사자로써 만금성과 대화를 나누기 위해 온 자들이었다.

"도대체 무슨 배짱으로 문파로 바꾼 거지?"

그중, 좌측에 서있는 중년인이 말했다. 그의 이름은 조기명이었고, 이번 일의 총 책임자였다. 그리고 그 옆에서 실실 웃는 자는 구유풍이란 자로 철마일령단에 간신히 속해있긴 하지만 거의 말단이나 다름없었다. 그래서 그는 조기명 옆에서 궁색하게 서있었다.

"문파로 바꾼 것도 모자라 중원에 뿌리던 돈까지 끊었답니다."

"그럼 우리가 예의를 차릴 필요도 없겠군."

"또 백도도 흑도도 들어가지 않겠다며 귀찮게 하지 말라고도 했다는군요."

그동안 무림인들이 만금성을 꺼려했던 이유는 무림에서 대문파치고 만금성의 돈을 받지 않은 곳이 없었기 때문이다. 그런데 대문파에 융통하던 자금을 끊어버렸으니 무림에서 더 이상 만금성을 도와줄 곳은 없었다.

"그래서 방주님이 적당히 으름장을 놓고 오라고 한 것이군."

"다시는 딴 생각을 하지 못하도록 채찍질을 해줘야죠. 그래야 다음부터 고분고분 돈을 갖다 바치지 않겠습니까?"

조기명은 고개를 끄덕이며 뒤를 돌아봤다. 그의 뒤에는

만금성을 겁주려는 목적으로 데려온 철마오군단의 무인들 80명 정도가 서있었다. 그 정도 규모면 웬만한 중소문파들은 하룻밤 안에 멸문시킬 수 있었다.

"가자."

조기명은 뒤에 있는 말에 올라타며 말했다.

앞장서서 만금성 부근으로 들어선 조기명은 만금성을 감싸고 있는 산과 평야에서 가만히 서있는 망루들을 발견했다.

'다 비어있군.'

경계서는 걸 포기한 걸까? 망루는 많은데 그 안에 사람이 없었다.

"문파로써 기본도 갖추지 못했군."

조기명은 쯧쯧 혀를 차며 만금성의 성문 앞으로 다가갔다. 그런데 그 거대한 성문이 활짝 열려있는 게 아닌가? 그리고 그 앞에 웬 노인 한 명이 여러 명의 시녀들을 대동한 채 마중 나와 있었다.

"어서 오시오."

노인은 정중하게 포권을 취하며 말했다. 하지만 조기명은 말 위에 앉아서 말없이 그를 내려다봤다.

"만금성의 장로, 사평호라고 하오. 껄껄."

"성주는 어디 가고 장로가 나와 있는 것이오?"

"지금 성주님께선 개문식을 위해 안에서 준비 중이오.

안에 연회를 열어놨으니 들어와서 같이 즐기는 게 어떻소?"

조기명은 피식 웃었다.

"기어코 개문을 하는군."

조기명은 말을 탄 채 만금성 안으로 들어갔다. 그리고 그를 따라 그의 뒤에 있던 80명의 무인들도 줄줄이 따라 들어갔다

"……"

안으로 들어온 조기명은 사방에서 눈부시게 번쩍이는 건물들을 보며 입을 다물지 못했다. 자리가 자리인 만큼 어떻게 해서든 입을 다물려고 해봤지만 안으로 들어갈수록 더 화려해지는 건물에 도저히 놀란 기색을 감추지 못했다.

그래서 조기명은 괜히 헛기침을 하며 안쪽 깊숙이 있는 연회장으로 들어갔다. 그곳의 바닥은 대리석으로 된 듯 매끈해 보였고 그 위에는 기름 냄새가 폴폴 나는 산해진미들이 한 상 가득 차려져 있었다.

그리고 그 상석에 진도운이 서있었는데, 상석을 뺀 나머지 자리는 텅 비어있었다. 그 많은 음식이 있는데도 사람은 없자 어딘지 모르게 삭막해 보이기도 했다.

"어서 오시오. 만금성의 성주, 백우결이라고 하오."

조기명의 뒤에 있던 구유풍이 그 말을 듣자마자 소리 내며 웃었다.

"백우결? 황제가 보고 기겁을 했다는 그 게으른 곰 말이

오?"

하지만 진도운은 미소 한 번 짓는 것으로 그의 말을 넘겼다.

조기명은 말에서 내리며 한 상 거하게 차려놓은 음식들을 쭉 훑어봤다. 얼핏 봐도 음식에 공을 들인 흔적을 곳곳에서 느낄 수 있었다.

'이렇게 알아서 문도 열어놓고 상까지 차려놓다니.'

조기명은 지금껏 외부인에게 개방한 적이 없는 만금성을 처음 들어오면서 살짝 긴장하기도 했지만 이렇게 후하게 대접해주니 자신도 모르게 마음을 놓았다.

"앉으시오."

진도운이 건넨 자리에 조기명과 구유풍이 앉았다. 그리고 그들이 타고 온 말은 사평호가 데리고 연회장 밖으로 끌고 나갔다. 그런데 그들이 데리고 온 철마오군단의 무인들은 앉을 자리가 없었다. 아무리 이 상이 넓어도 한 상에 80명이 넘는 인원이 한 번에 앉을 순 없었다.

"저리 많은 사람들이 올 줄 몰랐소. 지금이라도 따로 자리를 마련하리다."

진도운의 말에 조기명은 고개를 저었다.

"됐소. 저들은 그대로 두시오."

80여명의 건장한 사내들이 앞에서 눈을 부라린 채 지켜보고 있다면 진도운이 압박을 받을 거라 생각했다. 그래서 조기명은 그 80명의 무인들을 그대로 두라고 말한 것이다.

하지만 정작 진도운은 개의치 않는 듯 표정 하나 변하지 않았다.

"백 공자가 만금성의 성주가 되어있을 줄 몰랐소."

"성주가 된지 이제 막 반 년이 지났소."

진도운은 뒤늦게 상석에 앉으며 말했다.

"그렇소? 어쩐지 예전 성주는 만금성을 문파로 바꾸는 등 주제넘은 짓은 안 했던 것 같아서 이상하게 생각하고 있었소."

진도운은 덤덤히 웃어넘겼다.

"이렇게 만난 이상 굳이 질질 끌어서 뭐하겠소? 단도직입적으로 말하겠소. 지금 당장 문파로 바꾸는 걸 멈추시오."

"그것 때문에 오셨소?"

"그럼 뭐 때문에 왔겠소? 만금성에서 이런 말도 안 되는 짓을 버리는 바람에 본방의 방주께서 우리를 보낸 것이오. 우리가 여기 놀러온 줄 아시오?"

조기명은 퉁명스럽게 말했다.

"그저 문파로 개문하는 것뿐인데 뭘 그리 신경 쓴단 말이오?"

"누구 마음대로 문파로 개문한단 말이오?"

"문파로 개문하는 것도 철마방의 허락을 받아야만 하오?"

진도운의 말에 조기명가 씩 웃었다.

"백 성주. 여기는 안휘성이외다. 우리 땅이나 다름없는 곳에서 버젓이 문파를 세우는데 우리가 가만히 보고만 있을 거라 생각했소?"

"여기가 철마방의 땅이었소?"

그 말에 조기명가 피식 웃었다.

"철마방의 땅으로 만들어드리리까?"

"……."

조기명은 진도운이 자신의 기세에 눌려 말이 없는 걸로 착각하고 신나게 몰아붙였다.

"안휘성에 남아있는 만금성의 사업장이 많은 것 같은데, 그 사업장에 무슨 일이 생기면 성주도 피곤하지 않겠소?"

"무슨 일이 생긴단 말이오?"

"원래 살다보면 이런 일, 저런 일 다 있는 것 아니오? 만금성이라고 그런 불상사를 겪지 말라는 법이 있는 것도 아니고 말이오."

"……."

"우리가 그런 일을 당하지 않도록 보호해주겠소. 그러니 문파 같은 건 집어치우고 우리에게 다시 자금을 대는 건 어떻소?"

진도운은 순진무구한 얼굴로 방긋 웃었다.

"지금까지 아무 일 없이 잘 지내왔는데, 앞으로 무슨 일이 생기겠소?"

그 말에 조기명은 어처구니없다는 듯 실소를 흘렸다.

"이보시오. 성주. 내 솔직히 말하겠소."

"말해보시오."

"앞으로 만금성이 어떻게 될 것 같소?"

"별 일이야 있겠소?"

조기명은 한숨을 푹 내쉬었다.

"이렇게 세상 물정을 몰라서야……. 처음부터 돈을 안 받았으면 모를까 이미 받던 돈을 받지 않게 되면 사람들은 그걸 손해를 입었다고 생각하오. 그래서 손해를 입은 걸 만회하기 위해 무슨 짓이든 할 거란 말이요."

"무슨 짓이든 말이오?"

"그렇소. 무슨 짓이든. 지금 만금성은 자금을 끊는 것도 모자라 문파로 바뀌기까지 했소. 그건 이제 만금성도 무림의 규율을 따라 힘에 의해 좌지우지 될 수 있단 말이오."

진도운은 덤덤하게 고개를 끄덕였다.

"알겠소."

"예전에 만금성이 추성단가를 압박할 때처럼 물자를 끊는 것도 이제 더 이상 못할 것이오."

"그건 또 왜 그렇소?"

진도운은 정말 모르겠다는 물었다.

"그때는 만금성의 돈을 받아먹은 대문파들이 가만히 지켜만 봤지만, 지금 그런 일을 벌였다간 대문파들이 그걸 핑계로 만금성을 가만두지 않을 것이오."

"……."

"쉽게 말해 대문파들이 트집을 잡고 만금성을 공격할 수도 있단 말이오. 잘 생각해보시오. 그렇게 되면 이제 만금성에서 할 수 있는 일이 뭐가 있는지."

조기명은 진도운의 답을 듣기도 전에 자신의 말을 이어나갔다.

"아무것도 없소. 그러니 문파로 바꿀 생각 말고 얌전히 본래의 만금성으로 돌아가시오. 그럼 다들 아무 일도 없던 것처럼 넘어가줄 것이오. 그게 만금성도 좋고 우리도 좋고."

그 말에 진도운은 피식 웃었다.

"별로 그러고 싶은 마음은 없는데."

말이 짧아졌다. 그에 조기명의 뺨이 씰룩거렸다. 덩달아 그때까지 조용히 있던 구유풍의 얼굴도 일그러졌다.

"지금 뭐라고 했소?"

"그럴 생각 없다고."

그때, 구유풍이 진도운을 향해 흉흉한 기세를 뿌렸다.

"성주. 여기가 만금성 한복판이라고 말을 막는 것 같소?"

헌데, 진도운이 손을 들자 그가 뿜어내는 기운이 싹 걷히는 게 아닌가? 그에 구유풍의 눈동자가 당혹스럽다는 듯 흔들렸다.

"이 무슨……."

그리고 그 순간, 연회장을 둘러싸고 있는 담장 위로 검은

색 그림자 물결이 솟구쳐 올랐다.

사사사사삭!

천 자락이 스치는 소리와 함께 맑은 하늘이 금세 어둡게 물들었다. 하늘로 떠오른 수많은 흑객들에게서 휘날리는 새카만 옷자락 때문이었다.

체공 중이던 그들은 상이 차려져 있는 곳으로 뚝 떨어져 내리더니 그 부근을 순식간에 에워쌌다. 그들의 기민한 움직임에 조기명과 구유풍은 눈을 휘둥그렇게 뜨며 벌떡 일어섰다.

"이게 무슨 짓이오?"

조기명은 분노에 찬 얼굴로 말했다. 그러자 진도운은 덤덤히 고개를 들었다.

"너희들에게 딱히 감정이 있는 건 아니다. 그저 개문식에 너희들이 필요했을 뿐⋯⋯."

조기명의 전신에서 살벌한 기운이 일렁였다. 그는 여차하면 진도운을 향해 공격할 셈이었다.

"그게 무슨 소리요?"

"서찰로 만금성이 개문을 한다고 알렸더니 다들 우습게 알더군. 그래서 너희들을 제물로 삼아 다시 한 번 알릴 생각이다."

조기명의 눈에서 횃불처럼 안광이 타올랐다. 하지만 그는 선뜻 달려들 수 없었다. 사방을 꽉 채운 흑객들의 전신에서 숨 막히도록 가공할 기운이 해일처럼 밀려들었기 때문이다.

'움직이면 당한다.'

조기명과 구유풍은 그걸 절실히 느끼고 있었다. 그리고 연회상 앞에 뭉쳐있는 철마오군단의 무인들도 사방에서 밀려드는 기세에 눌려 얼굴이 하얘져서 아무짓도 하지 못하고 있었다. 그런데 그때, 여전히 상석에 앉아있는 진도운이 조용히 고개를 들었다.

"아직 개문식은 끝나지 않았다."

그 말이 끝나는 순간, 조기명과 구유풍의 다리에 형용할 수 없는 무형의 기운이 깃들었다.

퍽!

그들의 무릎이 꺾이며 바닥에 닿았다. 그 순간, 그들의 뒤로 흑객 세, 네 명이 은밀히 다가오더니 그들의 턱 밑으로 검을 집어넣었다.

꿀꺽.

조기명과 구유풍은 침을 꿀꺽 삼키며 고개를 바짝 치켜든 채 꼼짝도 안했다.

"움직이면 베어라."

뒤이어 가차 없이 떨어진 진도운의 음성.

조기명과 구유풍은 등골이 서늘해지는 걸 느끼며 손가락 하나 움직이지 않았다. 그런데 연회장에 있는 나머지 흑객들은 동시에 철마오군단의 무인들에게 몸을 날리며 검을 뽑았다.

채채채채챙!

날카로운 쇳소리가 연회장에 울려퍼져 철마오군단 무인들의 신형이 검은 물결에 뒤덮였다.

"크악!"

"으아아악!"

검은 물결 속에서 날카로운 검광이 번뜩이며 비명소리가 난무했다. 그리고 그 검은 물결 아래로는 대리석이 붉게 물들고 있었다.

흑객들이 피에 묻은 검을 들고 다시 제 자리로 돌아오기까지 걸린 시간은 정확히 반각이었다. 그들이 돌아오자 위풍당당하게 서있던 철마오군단의 무인들은 온몸이 난도질이 당한 채로 그 자리에 널브러져 있었다.

"으윽……."

"큭!"

80명의 시신에서 올라오는 피비린내는 머리를 지끈 아프게 만들 정도로 지독했다.

"내 말을 철마방에 전하려면 한 명은 살려둬야겠지."

조기명과 구유풍은 여전히 자신의 턱 밑에 들어와 있는 검 때문에 꼼짝도 못하고 있다가 진도운의 말에 귀를 쫑긋 세웠다.

"누굴 보내줘야 할까?"

"나, 나를 보내주시오."

조기명이 다급히 말했다.

"……!"

구유풍은 눈을 부릅뜨며 조기명을 노려봤다. 하지만 조기명은 진도운을 향해 소리치기 바빴다.

"내가 서열이 높소. 그러니 나를 통해 말을 전하시오. 저놈은 겨우 말단에 불과한 놈이오."

그는 얼굴이 하얗게 질려서 순식간에 말을 내뱉었다. 그는 눈앞에서 무려 80명에 달하는 철마오군단의 무인들이 도륙당하는 걸 보고 반항할 생각조차 갖지 못했다. 지금 그의 머릿속은 새하얗게 질려서 이곳을 빠져나가야겠다는 생각뿐이었다.

"어, 어떻게 그럴 수 있소?"

구유풍의 눈동자가 믿을 수 없다는 듯 흔들렸다. 하지만 조기명은 끝까지 그를 외면했다.

"나는 방주와 독대를 할 수 있는 권한도 있소. 그러니 나를 보내주면……."

진도운은 알겠다는 듯 고개를 끄덕였다.

"보내주어라."

그 말에 조기명의 뒤에 있는 흑객들이 조기명의 양 팔을 하나씩 잡고 억지로 일으켜 세웠다.

"방주에게 말을 전해라. 조만간 나를 직접 볼 일이 있을 거라고."

"아, 알겠소."

"내보내라."

그 말에 흑객들이 조기명을 끌고 연회장 밖으로 나갔다.

"제, 제길……."

구유풍은 욕지거리를 내뱉으며 몸을 바들바들 떨었다. 자신을 이렇게 내버려두고 혼자 가버린 조기명이 원망스러웠기 때문이다.

구유풍은 멀쩡히 연회장 밖으로 나가는 조기명을 보며 주먹을 불끈 쥐었다. 그리고 조기명이 나가자마자 연회장의 문이 닫히는 걸 보며 식탁을 내려쳤다.

쾅!

식탁이 반으로 쪼개지며 그 위에 있던 음식들이 바닥으로 떨어졌다. 그런데 그때 다시 연회장 문이 열리더니 사평호가 붓과 돌돌 말려 있는 종이뭉치를 손에 든 채 안으로 들어왔다. 그는 연회장의 문을 꾹 닫고 구유풍에게 다가가 수중의 종이뭉치와 붓을 내밀었다.

"이, 이게 무엇이오?"

구유풍은 얼떨결에 그 종이뭉치와 붓을 받으며 물었다.

"철마방의 전력을 샅샅이 적어라."

진도운이 말했다.

"뭐, 뭣이오?"

"그리고 적에게 습격을 받으면 철마방이 어떻게 움직이는지 그 내용도 적고."

"내가 그런 걸 적을 것 같소?"

구유풍은 종이와 붓을 내동댕이치며 말했다. 하지만 진도운은 눈 하나 깜짝하지 않고 피식 웃었다.

"그대로 죽기에 억울하지도 않나?"

"……."

"내가 말한 걸 적으면 널 살려주지. 네가 원하면 철마방이 찾을 수 없는 곳으로 보내줄 수도 있어. 그리고 평생 풍족하게 먹고 살 수 있는 돈도 내줄 거고."

구유풍의 눈빛이 흔들렸다.

"내, 내가 그 말을 어떻게 믿소? 내가 철마방의 전력을 쓰면 날 죽일지 어떻게 아냔 말이오."

"안 믿는다고 달라질 게 있나?"

"……."

"어차피 너에겐 이거 밖에 없다. 내 말을 믿지 않으면 그냥 죽는 거고 믿으면 적어도 희망이라도 생기는 거지."

구유풍의 얼굴에 큰 동요가 일었다. 진도운은 그 틈을 놓치지 않고 몰아붙였다.

"그리고 너의 복수도 해주지."

"보, 복수라 함은……."

"너를 남기고 혼자 살겠다고 가버린 놈을 대신 죽여주겠단 말이다."

"철마방 안에 들어간 놈을 무슨 수로 죽인단 말이오?"

진도운은 실실 웃었다.

"네가 철마방에 대해 적으면 나는 그걸 저 놈이 했다고 말하지. 그럼 방주가 알아서 그놈을 죽이지 않겠나?"

"……."

"어차피 다 죽고 혼자 살아 돌아온 것도 수상한 마당에 철마방의 정보까지 샜다고 하면…… 잘 생각해봐. 이대로 철마방에 돌아가 봤자 넌 저 많은 부하들을 잃고 혼자 살아 돌아온 패잔병밖에 안 돼."

구유풍은 아무 말도 하지 못했다.

"문파 내에서도 철저히 무시당하면서 살겠지. 아니, 어쩌면 살지도 못할 걸. 철마방의 방주가 너에게 책임을 묻겠지."

그때였다.

"조, 조기명이오."

"뭐라고?"

"방금 성주가 보내준 자의 이름은 조기명이라고 했소."

진도운은 씩 웃었다.

"그래. 조기명. 조기명이 적은 거라 하지."

"……."

구유풍은 붓을 들었다. 하지만 섣불리 적지 못하고 망설이고 있었다. 그러자 사평호가 옆으로 다가와 풍성하게 안이 차있는 가죽 주머니를 내밀었다. 그리고 가죽 주머니를 열어 그 안에 있는 걸 보여주었다.

금자와 은자가 가득 차 있었다. 그건 삼대의 삼대까지도 떵떵거리면서 살 수 있을만한 돈이었다. 그걸 본 순간 구유풍의 눈빛에서 두려워하는 빛은 사라지고 탐욕의 빛만 이글거렸다.

'철마방의 말단으로 살다 죽느니 차라리 무림을 떠나서 왕처럼 지내는 게 나을지도……'

진도운의 말대로 이대로 돌아가 봤자 철마방의 방주가 자신을 살려둘 것 같지 않았다. 더군다나 조기명은 자신을 배신하고 갔으니, 그나마 남아있던 충성심마저 눈 녹 듯 사라졌다.

그제야 구유풍은 손에 쥐고 있는 붓을 움직여 종이에 철마방의 정보를 채워 넣었다.

그걸 보며 진도운은 조용히 미소를 삼켰다.

'이래서 흑도 놈들은 안 된다니까.'

구유풍은 철마방의 병력이 어느 정도이고 또 어떤 방식으로 움직이는지, 그리고 조직은 어떻게 운영되는지 나름 상세히 적었다. 종이 수만 따져도 10장을 훌쩍 넘겼다. 그리고 붓을 내려놓았다. 그러자 옆에 서있던 사평호가 그 종이들을 들고 어디론가 사라졌다.

"편하게 앉아있어."

진도운이 웃으면서 말하자 구유풍은 어느 정도 안심이 됐는지 의자에 철썩 앉았다. 그로부터 꽤 시간이 흐른 후에 사평호가 나타났다.

그는 구유풍이 적은 정보를 가지고 그동안 만금성이 모아온 철마방의 정보와 비교해본 것이다. 물론 구유풍이 적은 정보 중에는 만금성이 모으지 못한 정보도 있었으니 만금성에 있는 정보만 비교해서 사실인지 판단하는 것이었다. 그게 맞으면 나머지도 맞을 확률이 높았기 때문이다.

사평호는 고개를 끄덕였고 진도운은 만족스러운 미소를 지었다.

"가보도록."

진도운의 말에 창백하게 질려 있던 구유풍의 안색이 서서히 돌아왔다.

구유풍은 진도운의 마음이 바뀌기 전에 재빨리 가죽 주머니를 들고 허겁지겁 일어섰다. 그리고 빠른 걸음으로 연회장의 문 앞까지 갔다. 그런데 그 문을 여는 순간······.

"으헉!"

구유풍은 그 자리에서 엉덩방아를 찧으며 주저앉았다. 문 앞에 조기명의 시신이 무릎을 꿇은 채 앉아있었기 때문이다.

"네 복수를 해주었다."

조기명의 처참한 시신을 보고도 구유풍의 안색은 밝지 못했다.

"보, 보내주는 게 아니었소?"

구유풍은 얼굴이 하얗게 질려서 뒤를 돌아봤다.

"그럴 리가 있나?"

진도운은 어처구니없다는 듯 웃었다. 그리고 그 순간 조기명의 시신 뒤로 흑객들이 나타났다. 그들은 조기명을 밖으로 끌고나간 자들이었다.

끄덕.

진도운의 고갯짓에 그 흑의인들은 구유풍의 몸에 검을 찔러 넣었다.

"커헉!"

하나, 둘 칼이 박히기 시작한 구유풍의 몸이 연거푸 휘청거렸다. 그러다가 결국 손에 꾹 쥐고 있던 가죽 주머니를 떨어트렸다. 그러자 그 가죽 주머니에 있는 금자와 은자가 바닥에 쏟아졌고 그 위로 구유풍의 피가 뚜두둑 떨어졌다.

"우리가 철마방에 대한 정보를 갖고 있다는 걸 아무도 알아선 안 되거든."

"이, 이 개 같은……."

그가 채 말을 잇기도 전에 흑의인들은 구유풍의 몸에 찔러 넣은 검을 더 깊게 박았다. 그러자 구유풍의 시신이 반동에 휩쓸려 흔들리다가 뒤로 스르르 넘어갔다. 그리고 땅바닥에 쓰러져서도 한동안 몸을 바들바들 떨었다.

"종이를 가져오시오."

그 말에 사평호가 남아있는 종이와 붓을 같이 건넸고 진도운은 그 자리에서 종이에 붓글씨를 써내려갔다. 옆에서 그 내용을 보던 사평호가 피식 웃었다. 진도운이 쓰고 있는 내용은 철마방에서 사람이 오지 않아 대화가 결렬 되었으니 다시 날을 잡으라는 내용이었다.

"철마방에서 그걸 믿겠습니까?"

"그럴 리가 있소?"

"그럼……."

"자극 좀 받으라고 하는 것이오."

‡

철마방의 방주, 사비환은 안휘성을 넘어 무림 전역에 이름을 떨칠 만큼 고강한 무력을 지녔다. 그리고 그 무력만큼이나 유명한 것이 그의 끈질긴 성격이었다. 그는 지난 수십 년 동안 철마방을 운영해오면서 단 한 번도 당하기만 한 적이 없었다.

안휘성을 두고 남궁세가와 수많은 싸움을 벌일 때도 절대 물러서지 않고 끝까지 물고 늘어졌다. 한 번 당하면 무림에서 얕보이니 반드시 되돌려 줘야한다는 것이 그의 좌우명이었다.

그 철칙대로 철마방을 운영해온 덕분에 철마방은 더욱 성세를 이루며 우습게 보고 건드는 문파들이 사라졌다. 그런데 지금 철마방의 앞마당이나 다름없는 곳에서 만금성이 문파로 바꾸겠다고 하니 여간 거슬리는 게 아니었다. 게다가 매번 융통해오던 자금도 끊겠다고 선언을 하니 얼마나 어처구니없겠는가?

그래서 사비환은 적당히 겁을 주고 오라며 조기명와 구유풍을 보냈다. 그리고 만금성의 위세를 꺾기 위해 철마오군단의 무인들도 80명이나 채워서 보냈다. 그런데 지금 그렇게 보낸 지 반나절도 되지 않아서 만금성에서 서찰이 왔다. 그 서찰에는 철마방에서 보낸 사람들이 아직 도착하지 않았다는 내용이 적혀있었다.

"……."

사비환은 처음에 무슨 장난이라도 치는 줄 알았다. 전혀 말이 되지 않는 소리였기 때문이다. 어디서 단체로 도망친 것도 아니고 아예 가지 않았다니?

"어떻게 된 거지?"

사비환은 만금성에서 그들을 죽였다고는 생각지도 못했다. 돈만 굴리던 만금성이 어디서 무공을 배워서 철마방의 무인들을 죽인단 말인가? 철마방이라면 흑도에서 나름 꽤나 잔뼈가 굵은 놈들인데 말이다.

"밖에 누구 있느냐?"

"예."

문사풍의 청년이 조용한 걸음으로 들어왔다.

"이거 봐라."

사비환은 청년에게 서찰을 던졌다.

청년은 두 손으로 서찰을 받고 한눈에 쭉 읽어 내려갔다.

"말도 안 되는 소리입니다."

"그렇지?"

"조기명과 구유풍이 철마오군단의 무인들을 이끌고 만금성으로 향하는 걸 본 사람이 한 둘이 아닙니다."

244

사비환은 청년의 손에서 그 서찰을 빼앗아 다시 한 번 읽고는 방바닥에 내팽겨 쳤다.

"도대체 일이 어떻게 돌아가는 거냐?"

그 말에 청년은 땅바닥에 떨어진 서찰을 집어 다시 읽어 보았다.

"만금성은 바보가 아닙니다. 그만한 재산을 쌓으려면 머리도 상당히 똑똑해야겠지요. 그런 그들이 아무런 대책도 없이 문파로 전환했을 리는 없다고 생각합니다."

"뭔가 믿는 구석이 있단 말이냐?"

"그러니까 우리를 우습게 알고 이딴 서찰이나 보내는 게 아니겠습니까?"

사비환은 어이가 없다는 듯 웃었다.

"지금 네가 보기엔 만금성 놈들이 우리 제자들을 죽였다고 보느냐?"

"죽였든, 죽이지 않았든, 지금 당장 그들이 돌아올 것 같진 않습니다. 만금성이 무슨 수를 썼는지 모르겠지만……."

사비환이 신경질적으로 발을 굴렸다. 그러자 쾅하는 소리와 함께 바닥에 쩌어억 금이 가며 장판이 튀어 올랐다.

"새끼야. 그런 의구심이 들면 진작 말했어야지."

"저도 이럴 줄은 몰랐습니다. 사자로 간 사람을 건들지는 몰랐습니다. 그런 건 우리 흑도나 하는 짓거리 아닙니까?"

"흑도에서도 좀 꺼리는 일이지. 그런데 만금성이 정말

245

미치지 않고서야 그러기야 할까?"

"그놈들이 제정신이었으면 애초에 이런 서찰을 보내지도 않았을 겁니다."

사비환은 인상을 팍 구겼다.

"무림에 이 사실이 알려지기라도 한다면 우리만 망신을 당하는 거야."

"그 전에 우리도 반격을 해야지요."

"좋은 수라도 있느냐?"

"만금성이 우리 놈들을 데려간 만큼 우리도 그놈들을 잡는 겁니다. 그래서 서로 포로를 교환하자고 하며 만금성 놈들을 밖으로 유인한 다음에 그때 만금성을 치는 건 어떻습니까?"

사비환의 눈썹이 꿈틀거렸다.

"너는 지금 만금성에 우리 애들이 잡혀있을 거라 생각하냐?"

"설마 죽였을 리 있겠습니까?"

"으음."

사비환은 왠지 모를 불안감에 쉽게 대답하지 못했다. 청년의 말도 일리가 있었기 때문이다.

'그놈들이 어떤 놈들인데 쉽게 죽진 않았겠지. 그놈들을 죽이려면 지들도 어마어마한 피해를 감내해야 할 테니……'

죽이는 것보다 항복을 받아내는 것이 더 나은 선택이었

다.

사비환은 다시 젊은 청년을 쳐다봤다.

"안휘성에 남아있는 만금성의 사업장을 털어야겠군."

"지금은 그게 가장 나은 방법입니다."

진도운은 연회장에서 나와 집무실로 향했다. 집무실 앞에는 공길건이 기다리고 있었다. 그는 진도운을 뒤따라 집무실 안으로 들어갔다.

진도운은 탁자에 바짝 붙어서 앉았고 공길건은 그 맞은편에 섰다.

"철마방 놈들은 어떻게 됐습니까?"

"다 처리했소."

이곳까지 날아온 피비린내에 공길건은 그 처리했다는 말이 무슨 뜻인지 알 수 있었다.

"철마방에서 협상을 하자고 사자(使者)를 보낸 게 아니었습니까?"

"그렇소."

"그런데 저렇게 피를 봐도 괜찮겠습니까? 사자를 죽였다는 사실이 알려지면 다른 문파들은 우리와 어떠한 대화도 하지 않을 겁니다."

"다른 문파에서 철마방이 사자를 보낸 걸 어찌 알겠소?"

"철마방에서 보낸 사람이 만금성으로 오는 걸 다른 사람들이 볼 수도 있지 않습니까? 그리고 철마방에서 소문을 내면……."

진도운은 피식 웃었다.

"지들 입으로 지들이 망신당한 걸 소문내겠소? 설령, 소문이 나거나 누가 봤다고 하더라도 사자가 아니었다고 우기면 되오."

공길건은 어이가 없다는 듯 입을 다물지 못했다.

"……."

"애초에 대화를 하겠다는 놈들이 80명이나 되는 무인들을 보내는 것부터 잘못 됐소."

말을 하던 진도운이 갑자기 하얀 이를 드러내며 씩 웃었다.

"왜 그러십니까?"

"우리 쪽에선 대화를 하려고 했는데 저쪽에서 무인들을 보내 먼저 공격한 걸로 합시다."

"예?"

공길건은 눈을 동그랗게 뜨며 말했다.

"우리에겐 철마방 놈들의 시체가 80구나 있소. 그건 우리 주장을 뒷받침해줄 증거가 될 것이오. 안 그렇소? 누가 협상을 하는데 80명이나 되는 무인들을 보낸단 말이오?"

"허허……."

진도운은 다급히 일어나 밖으로 뛰어나갔다. 그리고 아직 흑객들이 남아있는 연회장으로 가서 방금 자신이 떠올린 계획을 말하고 다시 집무실로 돌아왔다. 그때까지 집무실에 남아있던 공길건은 덤덤히 미소를 지었다.

"성주님께서 직접 가실 필요 없이 저에게 말씀하셔도 됩니다. 그럼 제가 가는 길에 대신 전해줬을 겁니다."

"그럴 걸 그랬소."

진도운은 미처 생각하지 못했다는 듯 말했다. 그도 그럴 것이 구야혈교에서 평생을 누군가의 밑에서 살아온지라 가끔씩 이렇게 직접 움직일 때가 있었다. 그럴 때마다 진도운은 재빨리 화제를 돌렸다.

"그런데 공 장로가 아직까지 여기 있는 거 보면 나에게 할 말이 있는 것 같은데……. 아니오?"

그 말에 공길건은 품에서 종이 두 장을 꺼냈다. 그리고 그 중의 한 장을 탁자 위에 내려놓았다.

"여기에 적혀 있는 문파들이 사모님을 돌아가시게 만든 원흉입니다. 그들이 일으킨 싸움 때문에 사모님이 돌아가셨죠."

공길건은 뒤이어 다른 종이를 내려놓으며 말을 이었다.

"여기에는 사모님이 돌아가셨을 때 만금성의 돈을 받고도 겉으로만 도와주는 척 했던 문파들이 적혀있습니다."

그는 말하면서 분노를 꾹 삼켰다. 하지만 미세하게 떨리는 그의 손가락 끝에서 그가 품고 있는 분노를 느낄 수 있었다.

진도운은 두 장의 종이를 들고 그 안에 적힌 문파들을 쓱 훑어봤다.

'참 많이도 얽혀있군.'

"사모님은 항상 웃고 다니셨습니다. 전대 성주님께서도 그 미소에 반해 사모님과 혼인을 한 것이었죠."

"……."

"사실 전대 성주님뿐만 아니라 사모님의 미소는 만금성의 사람들이라면 누구나 다 좋아했습니다."

"알고 있소."

진도운은 아는 척 말했다.

"그런데 그놈들은 우리에게 그 미소를 빼앗아 간 것도 모자라 우리를 협박했습니다."

"……."

"그들은 사모님을 죽인 흉수를 데려오기는커녕 도리어 우리에게 칼끝을 들이밀었습니다. 그런데 우리는 아무것도 할 수 없었습니다. 사모님을 잃은 심정도 추스르지 못한 채 그들에게 다시 돈을 줄 수밖에 없었습니다."

"……."

"그것이 우리 만금성이 살아가는 방식이고 그것이 우리 만금성의 힘이었으니까요."

그가 오랫동안 품고 있던 울분이 그의 얼굴에 고스란히 드러났다. 하지만 그 감정에 동요되지 않은 진도운은 자신의 무표정을 들킬까봐 말없이 고개를 숙였다.

"그때의 우리는 비참했습니다. 사모님을 잃게 만들고 우리를 외면하는 자들에게 돈을 내줄 수밖에 없었습니다. 그리고 우리가 가진 바다와 같은 재물도 결국엔 한계가 있다는 걸 깨달았습니다. 그래서 우리는 여기까지 왔습니다."

그뿐만 아니라 만금성의 사람들은 그때 겪었던 일 때문에 마음속에 단단한 응어리를 하나씩 달고 살았다. 그들은 그 응어리를 모두 풀어내기 전까지 멈추지 않을 것이다.

"성주님?"

그때 밖에서 익숙한 목소리가 들렸다.

"들어오시오."

문을 열고 안으로 들어오는 자는 사평호였다. 그런데 그는 집무실 안으로 들어오자마자 무거운 공기를 느끼고 멈칫 섰다.

"말씀이 끝나시면 다시 오겠습니다."

"아니오. 들어오시오."

공길건이 손을 저으며 말한 뒤 진도운에게 목인사를 올리고 밖으로 나갔다. 그러자 사평호가 진도운의 앞으로 다가왔다.

"모든 준비가 끝났습니다. 성주님께서 오셔서 새로 명령하신 것도 준비를 마쳤습니다."

진도운은 잠시 공길건의 뒷모습을 바라보다가 뒤늦게 고개를 끄덕이며 자리에서 일어났다.

만금성의 대연무장에 문파로 차출된 사람들이 모여 있었다. 그들은 각자 지니고 있는 특성에 따라 조직 별로 나뉘어져 있었고 그 나뉜 조직 별로 따로따로 서있었다.

만금성에서 문파로 차출된 인원은 총 400명이었고 진도운은 그들을 각 조직 당 100명씩 구성해서 총 네 개의 조직을 만들었다.

기척을 숨기는 데 능하고 움직임이 기민한 자들을 모아놓은 조직인 수연비휘단(水煙秘輝團)과 시야가 넓고 섬세한 감각을 지닌 자들로 이루어진 조직인 벽공대휘단(壁攻大輝團), 그리고 야수처럼 거친 기세를 지닌 무차극휘단(武叉極輝團)과 모든 면이 골고루 발달해 적절한 균형을 지닌 조직, 만휘단(滿輝團)이 바로 그 네 조직이었다.

진도운은 그 네 조직을 일컬어 제금사휘단(啼金四輝團)이라 명했다.

그 제금사휘단의 무인들이 대연무장에 모여 질서정연하게 서있었다. 그들의 시선은 저 앞에서 단상 위로 오르는 진도운에 쏠려있었다.

단상에 오른 진도운은 제금사휘단의 무인들을 쭉 훑어보았다. 단단하게 굳어있는 눈빛과 전신에서 굳세게 피어오르는 기세가 인상적이었다. 그들을 보고 있자니 거대한 산맥에 둘러싸인 듯한 느낌을 받았다.

"무림 전역에 만금성이 개문한다는 걸 알렸더니, 돌아오는 건 우리를 협박하는 서찰들뿐이었다."

진도운이 입을 열자 제금사휘단 무인들의 기세가 뜨겁게 달아올랐다.

"그동안 우리는 금(金)으로 무림에서 살아왔고 금으로

무림에서 권력을 지녔다. 하지만 그것만으로는 한계가 있다는 걸 깨달았다."

여기 있는 모든 이들이 진도운의 말에 공감했다.

"그리고 우리는 무림에서 필요한 건 결국 무력이라는 걸 알게 되었다. 무력이 없으면 언젠가 우리처럼 소중한 사람을 잃고도 도리어 돈을 갖다 바치는 비참한 현실을 맞게 된다."

진도운은 울분을 삼키는 것처럼 목을 떨었다. 그러자 제금사휘단의 무인들이 똑같이 목을 떨며 가슴속 깊이 쌓여 있는 울분을 꾹 눌렀다.

"오늘 철마방에서 협상을 하자며 사자가 왔다. 그런데 사자뿐만 아니라 80명의 무인들도 따라왔다. 겨우 80명밖에 안 되는 인원으로 나를, 그리고 만금성을 휘두르려고 한 것이다."

80명이면 그래도 상당한 규모였지만 진도운은 일부러 그것밖에 안 된다는 식으로 말했다.

"그것이 무림에서 보는 우리들의 모습이다. 금을 휘두르는 만금성은 무섭지만 금을 놓은 만금성은 겨우 80명으로 끝낼 수 있는 우스운 존재일 뿐이다."

진도운의 예상대로 제금사휘단의 사기는 끝을 모르고 치솟았다.

"이제 우리는 거하게 개문식을 열어 우리가 누군지 만천하에 알릴 것이다. 그리고 다시는 이런 일이 없도록…… 내

어머니가 겪은 일이 없도록 할 것이다."

그 말이 끝나는 순간 대연무장에 귀청을 찢는 함성 소리
가 울려 퍼졌다. 그리고 그들의 투지가 대연무장을 꽉 채웠
다.

진도운은 그들을 보며 흡족한 미소를 지었다. 몇 마디 하
지 않았는데도 그들은 투지를 불사르고 있었다.

찌릿찌릿.

그들의 투지에 진도운도 덩달아 몸이 뜨겁게 달아오르는
걸 느꼈다.

"성주님."

그때 사평호가 옆으로 바짝 다가와 귀에 대고 속삭였다.

"무슨 일이오?"

"철마방에서 서찰이 왔습니다."

그 말에 진도운이 고개를 살짝 틀었다.

"뭐라고 적혀 있소?"

"다시 만나서 협상을 하자고 합니다. 이번에는 중간 지
점에서 만나자고 하는군요."

이제야 제대로 된 서찰이 왔다. 그 전에 거리낌 없이 자
신들이 만금성으로 오겠다고 보냈던 서찰은 만금성을 깔보
지 않고서야 보낼 수 없는 서찰이었다.

"그러자고 하시오."

"우리 측에선 누굴 보낼 생각이십니까?"

"내가 가겠소."

사평호는 멈칫했으나 이내 고개를 끄덕였다. 지난 반 년 동안 만금성의 사업장을 정리하면서 자신이 진도운의 몸에 있는 내공을 모두 녹였다는 걸 깨달았기 때문이다.

'하긴, 신환성체가 완성된 이상 아무도 건들 수 없겠지.'

사평호는 은근히 어깨에 힘을 주며 의기양양한 미소를 지었다.

☵

안휘성에 있는 수많은 마을에 만금성의 직인이 찍힌 벽보가 나붙었다. 그 벽보에는 철마방이 협상을 하자며 80명의 무인들을 끌고 오더니 다짜고짜 만금성을 공격했다는 내용이 적혀있었다. 만금성의 재력이 아니면 이토록 짧은 시간 안에 그 많은 벽보를 붙이는 건 불가능했다.

그 덕분에 벽보에 있는 얼토당토 않는 내용은 진위를 파악하기도 전에 파다하게 소문이 났다. 그리고 얼마 지나지 않아 정확히 80명의 철마방 사람들의 시신들이 발견되면서 세인들은 그 소문을 믿기 시작했다.

철마방의 방주, 사비환은 부하가 가져온 그 벽보를 읽다가 중간에 갈기갈기 찢어버렸다.

"으아아아악!"

그것도 모자라 방바닥을 발로 마구 찍으며 괴성까지 질

렸다.

쾅! 쾅! 쾅!

그의 발이 방바닥에 깊숙이 들어가며 커다란 발자국을 남겼다. 그리고 사방으로 나무와 돌의 파편이 튀었다. 하지만 그 속에서 덤덤한 표정으로 서있는 청년이 있었다. 그는 항상 사비환의 옆에 붙어 다니면서 사비환이 화내는 모습을 숱하게 봐왔지만 지금처럼 흥분한 경우는 처음 봤다.

"방주님. 진정하시죠."

"새끼야. 너라면 진정하겠냐?"

청년의 말에도 사비환은 쉽게 진정하지 못했다. 하지만 청년은 굴하지 않고 손에 쥐고 있는 서찰을 내밀었다. 그건 만금성에서 온 서찰로 그 안엔 다시 협상을 하자는 내용이 적혀 있었다.

"우리들 얼굴에 똥칠을 해놓고 이제 와서 협상하자고? 이 새끼들이 누굴 호구로 보나."

사비환은 그 서찰도 읽자마자 갈가리 찢어버렸다.

"저쪽에서는 성주가 혼자 나올 거라고 합니다."

"뭐?"

"서찰에 장소와 시간이 자세히 적혀 있는 걸로 보면 누가 나와도 정말 나올 생각인 것 같습니다. 다만, 서찰에 적힌 대로 성주가 직접 나올 것 같지는 않습니다."

"하……."

사비환은 어이가 없다는 듯 헛바람을 터트렸다.

"어차피 이렇게 된 거 협상에 나온 놈을 잡아버리는 게 어떻습니까?"

"뭐?"

사비환이 신경질적인 목소리로 말했다.

"이제 와서 우리가 해명한다고 들을 사람도 없습니다. 만금성에 보냈던 우리 쪽 사람들의 시신까지 발견되면서 아무도 우리의 말을 듣지 않고 있습니다."

"괜히 우르르 딸려 보냈어."

"이왕 나쁜 놈이 된 거, 정말 나쁜 놈이 돼버립시다. 어차피 우리가 백도 놈들처럼 고결한 척을 떨 것도 아닌데 뭐 어떻습니까?"

사비환의 분노가 조금은 가라앉았다.

"그래서 어쩌자고?"

"일단 협상에 나온 놈을 붙잡읍시다. 성주는 아니더라도 만금성을 대표해서 협상에 나왔다는 건 그만큼 중요한 인물이란 뜻이겠죠."

"그놈 잡아서 협박하자고?"

"그놈만 잡으면 안 되죠. 일전에 말했던 대로 안휘성에 남아있는 만금성의 사업장을 다 때려 부수고 그곳에 있는 만금성 놈들까지 잡아와야겠지요."

그제야 사비환은 좀 진정이 된 듯 콧김을 내뿜으며 태사의에 앉았다.

"일단 만금성의 사업장으로 가기로 했던 애들을 다시 불러 모으고 철마삼위단과 철마오군단을 모두 집결시켜."

"알겠습니다."

"네가 알아서 협상에 보낼 애들과 사업장에 보낼 애들을 나눠. 그리고 협상에는 내가 직접 나간다."

사비환은 이 가슴 속에 쌓인 화를 어떻게 해서든지 풀어야 했다. 그런 그의 성격을 잘 아는 청년은 별 말하지 않고 고개를 끄덕였다.

"사업장을 치는 건 제가 이끌겠습니다."

天波鬼工

11장.
혈마방

철마방을 대표하는 철마삼위단과 철마오군단의 무인들
이 여러 갈래로 나뉘어 안휘성 북쪽에 있는 만금성의 사업
장들을 향해 흩어졌다. 안휘성의 북쪽은 남궁세가조차 함
부로 침범할 수 없는 철마방의 영역으로 그곳에서 철마방
의 무인들을 막을 자는 없었다.

그런 그들을 이끄는 건 항상 사비환의 옆에 붙어 다니던
문사풍의 청년이었다. 그런데 그 청년은 가장 가까운 곳에
있는 사업장에 들이닥치자마자 두 눈을 멀뚱히 뜨고 멈춰
섰다.

"뭐야?"

그 사업장은 객잔이었는데, 객잔 안에 사람이 한 명도 보

이지 않았다. 일부러 사람이 많을 시간을 골라 그곳으로 갔
건만 손님은커녕 점소이조차 보이지 않았다.

사람들이 보는 곳에서 만금성의 사업장을 차지하는 것이
그의 노림수였다. 그래야지만 철마방이 반격을 시작했다는
소문이 빠르게 퍼지기 때문이다. 그런데 객잔 안엔 사람이
한 명도 없으니 그의 계획은 처음부터 틀어졌다.

"이런…… 씨."

평소 점잖던 그의 입에서 욕지거리가 튀어나왔다. 그는
신경질적으로 객잔에 나뒹굴던 의자를 발로 찼다.

"다른 곳으로 간다."

객잔을 나온 청년은 일부러 철마방의 깃발을 들고 사람들
이 많은 거리를 활보했다. 그의 의도대로 사람들이 철마방
의 깃발을 보고 수군거리기 시작했다. 문제는 그렇게 해서
도착한 만금성의 다른 사업장에도 사람은 없었다는 것이다.

"어떻게 된 거지?"

청년은 초조해하며 사업장을 뒤져봐도 사람 한 명 보이
지 않았다. 그에 신경질이 난 청년은 괜히 애꿎은 의자만
발로 차서 부쉈다.

그곳에서도 별 소득 없이 나온 청년은 무려 이틀 동안 가
까운 곳에 있는 만금성의 사업장을 다 뒤지고 다녔으나 이
상하게도 가는 곳마다 사업장은 텅 비어있었다.

그건 여러 갈래로 흩어진 철마방의 다른 무인들도 마찬
가지였다. 그들은 각자 흩어져서 여러 사업장을 한 번에 쳤

지만 그 안에 사람이 없어 허탕만 치고 돌아와야 했다.

그 청년은 흩어지면서 모이기로 했던 약속 장소에서 자신의 부하들을 기다렸다. 하지만 다른 부하들 역시 빈손으로 돌아오는 걸 보고 조용히 아랫입술만 깨물었다.

본래 이곳에서 모여 일차적으로 잡아온 만금성 놈들을 철마방으로 보내고 다시 퍼져서 나머지 만금성의 사업장을 터는 게 그의 계획이었다. 그런데 일차적으로 모은 인질이 없으니 더 들어가야 할지 말지 망설였다. 딱히 더 들어간다고 해도 그곳에 만금성의 사람들이 있을 것 같진 않았다.

결국, 청년은 초조해진 기색으로 몸을 돌렸다. 그리고 그를 따라온 수백 명의 부하들도 터덜터덜 걸으며 철마방으로 돌아갔다.

청년은 뭔가 이상하다는 듯 연신 고개를 갸웃거리며 철마방으로 향했다. 그런데 돌아오는 시간까지 합쳐서 3일 만에 보는 철마방을 앞두고 청년은 멈칫 섰다. 그의 갑작스런 행동에 뒤에 있는 부하들도 뭔가 수상한 점을 눈치 채고 철마방을 노려봤다.

지금 철마방은 이상하리만치 조용했고 또 주변에서 부는 바람에 희미한 피 냄새가 실려 있었다. 그리고 결정적으로 성문을 지키고 있어야 할 문지기들이 보이지 않았다. 분명 철마방을 지킬 인원은 어느 정도 남겨두고 나왔건만 그 어디에도 보이지 않았다.

"당했다!"

퍼뜩 고개를 치켜든 청년은 곧장 철마방을 향해 몸을 날렸다. 그러자 그의 뒤에서 수백 명의 부하들도 힘껏 몸을 날렸다.

철마방 안으로 들어온 청년은 문을 넘자마자 쓰러져 있는 수많은 시신들을 보았다. 그들 모두 철마방의 제자들이었다. 그 어디에도 살아서 움직이는 철마방의 제자들은 없었다.

"제길……."

청년은 주먹을 꾹 말아 쥐며 더 깊이 안쪽으로 달려갔다.

'어떻게 된 거지?'

만금성의 사업장을 한 번에 치기 위해서 동시다발적으로 움직인 게 화근이었다. 하지만 그걸 만금성에서 어떻게 알고 총타를 공격했단 말인가? 자신이 나가는 걸 알아도 문파에 남아있는 인원은 몇이고 출타했던 자신이 언제 들어오는지 정확히 알지 않고서는 이런 일을 벌일 수 없었다.

'더 큰 문제는…….'

자신들이 자리를 비운 3일 만에 철마방을 함락했다는 점이다. 아무리 주요 병력이 빠졌다지만 그래도 철마방을 지킬 정도는 남겨두었다. 그 정도면 철마방의 지형지물을 이용해서 3일은 우습게 버틸 수 있었다. 그런데 이렇게 벌써 함락됐다는 건 만금성의 무력이 자신의 예상을 뛰어넘는다는 것이다.

'무공이라곤 쥐뿔도 모르던 만금성이 어떻게 이런 일을……'

청년은 연신 믿을 수 없다며 속으로 부정하고 있었다. 그러다 철마방의 중심에 있는 대연무장으로 들어서게 되고 그곳에 나란히 서있는 네 사람을 보았다.

"이제야 오셨구려."

그중, 가장 좌측에 있던 중년인이 말했다. 그는 근육이 잔뜩 부풀어 있어서 조금만 움직여도 옷이 터질 것처럼 보였다. 그리고 그 근육만큼이나 인상도 성이 나 보였다.

"너희들은 누구냐?"

"누구겠소? 당연히 만금성의 사람이지."

그는 사나워 보이는 얼굴과 달리 말투는 점잖았다.

"만금성에 너희 같은 놈들이 있다는 건 듣지도 못했다."

"그럼 만금성에 누가 있다는 건 들은 적이 있소?"

청년은 대답하지 못했다. 그의 말대로 만금성에 대해 제대로 알려진 건 하나도 없었다.

잠시 주춤거리던 청년은 주변을 둘러보다가 그 네 명을 제외하고 다른 사람은 보이지 않다는 걸 깨달았다. 하지만 안심할 순 없었다. 저 네 명만으로는 철마방을 함락시킬 수 없었을 테니까.

"끝까지 긴장을 놓지 않는구려. 내 그 점은 높이 사주겠소."

"누구냐? 네 놈들은……."

"우리는 제금사휘단을 이끌고 있는 네 단주들이오."

"제금사휘단?"

처음 듣는 말에 사내는 눈살을 찌푸렸다.

"앞으로 우리 이름을 많이 듣게 될 거요. 아, 그런데 그쪽은 우리 이름을 듣지 못하겠구려."

"그게 무슨 소리냐?"

"그쪽은 우리 이름을 듣기도 전에 죽어버릴 테니, 쓸때없이 이름 같은 건 묻지 마시오."

그때였다.

"우아아아아!"

철마방 곳곳에서 우렁찬 함성 소리가 들리며 철마방의 건물 안에 숨어있던 제금사휘단의 무인들이 튀어나왔다. 그들은 숨어서 대기 중이다가 철마방으로 돌아온 철마삼위단과 철마오군단의 무인들이 안쪽 깊숙이 들어올 때까지 기다린 것이다.

"크윽!"

청년은 사방에서 울리는 어마어마한 함성 소리에 정신 나간 사람처럼 주변을 두리번거렸다.

"어딜 보고 있는 것이오?"

문득 코앞에서 타인의 숨결이 느껴졌다. 그에 앞으로 고개를 돌린 청년은 자신과 바짝 붙어있는 중년인을 보았다. 방금 전까지 말을 주고 받던 그 중년인이다.

퍼억!

어느새 중년인의 발이 청년의 복부에 꽂혔다. 청년이 반응할 새도 없을 만큼 빠른 공격이었다.

"꺼억……"

청년은 배를 양 팔로 붙잡으며 털썩 무릎을 꿇었다. 그리고 침을 질질 흘리며 땅바닥에 얼굴을 쳐 박았다.

중년인은 그런 청년의 모습을 냉담한 눈길로 내려다봤다. 그와 동시에 철마방 곳곳에서 비명소리가 울려 퍼졌다.

††

철마방의 방주, 사비환은 이틀 전에 출발해서 미리 약속 장소에 도착했다. 그리고 자신이 데리고 온 100여명의 부하들을 주변에 숨겨두었다. 일전에 만금성으로 80명을 보냈다가 당했으니 지금은 그보다 더 많은 인원을 데리고 온 것이다.

약속 장소는 철마방과 만금성 중간에 있는 마을에서 가장 구석진 곳에 있는 객잔이었다. 사비환은 그 객잔을 통째로 빌려서 안에 혼자 앉아있었고 그의 부하들은 객잔 밖에 숨어있었다. 그들은 여차하면 창문을 통해 안으로 들어올 속셈이었다.

사비환은 그렇게 만만의 준비를 해놓고 기다리고 있는데 어찌 된 게 약속 시간이 지나도 사람 코빼기 하나 보이지 않았다.

"씨벌……."

또 당한 건가 싶을 때, 객잔 안으로 한 사내가 들어왔다.

사비환은 한쪽 눈썹을 쭉 끌어올리며 그 사내를 뚫어져라 쳐다봤다. 그 사내 말곤 아무도 들어오는 이가 없었다. 하지만 만금성을 대표해서 자신과 협상하러 나왔다고 보기에 상당히 젊어보였다.

그 사내는 사비환의 앞에 당당히 서며 포권을 올렸다.

"만금성의 성주, 백우결이라고 하오."

사비환은 눈살을 찌푸렸다.

"백우결?"

"그렇소."

진도운은 사비환이 자리를 권하기도 전에 그의 맞은편에 앉았다.

사비환은 백우결이라는 이름만 되뇌고 있다가 뒤늦게 알았다는 듯 탁자를 내려쳤다.

"만금성의 후계자라고 들었는데, 이제 성주가 됐나보오?"

"그렇소."

하지만 사비환은 자신이 익숙히 들어왔던 이름이라고 안도를 하거나 그런 건 없었다. 여전히 그는 날카롭게 기세를 유지했다.

"혼자 온 게요?"

"혼자 온다고 하지 않았소?"

사비환은 슬쩍 기감을 퍼트려보았지만 진도운 말고는 딱히 느껴지는 기척이 없었다. 그래도 그의 기세는 수그러들지 않았다.

"내 익히 성주의 소문은 들었소."

"별로 좋은 소문은 아니오."

사비환은 실소를 흘리며 고개를 끄덕였다.

"그렇긴 하더이다."

"어쨌든 이리 만나게 됐으니……."

"한 가지 물을 게 있소."

사비환은 진도운의 말을 뚝 잘랐다.

"뭘 묻는단 말이오?"

"일전에 우리가 보낸 애들을 도륙내서 길거리에 내다버렸더이다?"

"우리로썬 어쩔 수 없었소. 철마방에서 온 자들이 협상을 하는 도중에 돌변해서 우리에게 칼을 들이미는데, 우리가 가만히 지켜보고 있을 거라 생각했소?"

그 말에 사비환은 콧방귀를 뀌어댔다.

"허! 그걸 말이라고 씨불이오? 본 방을 대표해서 협상하러 간 놈들이 왜 다짜고짜 칼을 들이민단 말이오? 그것도 만금성 한복판에서."

"그걸 내가 어찌 알겠소? 궁금하면 죽은 사람들을 되살려내서 물어보시오."

사비환은 눈썹을 꿈틀거렸다.

'이 새끼가······.'

그는 대놓고 주먹을 꾹 말아 쥐었다. 마음 같아선 지금 당장이라도 저 얼굴에 주먹을 꽂고 싶었다. 문제는 정말 이 눈앞에 있는 사내가 만금성의 성주가 맞는지 모르겠다는 것이다.

'다짜고짜 나타나서 만금성의 성주라니. 정신이 나가지 않고서야 성주 본인이 혼자 나올 리 있나?'

더군다나 철마방을 건들 대로 건드려서 이미 자신이 화가 끝까지 나있다는 걸 알고 있었을 텐데 말이다. 하지만 그의 몸에서 딱히 풍기는 기운이 없어 그의 무위조차 가늠할 수 없었다. 그래서 사비환은 이들이 또 무슨 수작을 벌이는가 싶어 경계를 놓지 않았다.

'이것저것 묻다보면 뭐가 나와도 나오겠지.'

사비환은 주먹을 부들부들 떨며 입을 열었다.

"하나만 물어보겠소."

"물어보시오."

"왜 갑자기 문파로 전환하겠다는 거요?"

"그게 왜 궁금하오?"

"어처구니가 없어서 그렇소."

사비환은 헛웃음을 터트리며 말했다. 하지만 진도운은 슬며시 미소를 지으며 어떤 대꾸도 하지 않았다.

"그대로 살았으면 만금성은 여전히 아무도 함부로 건드릴 수 없는 존재가 됐을 거요. 그런데 그 특권을 버리면서까지 문파로 바꾼 이유가 뭐요? 그것도 모자라 자금을 융통하는 것도 끊질 않나."

"……."

"그간 만금성이 뿌린 돈이 얼마인데, 다른 문파들이 돈을 안 준다고 하면 네 알겠습니다하고 만금성의 의견을 받아들일 것 같았소? 당연히 반발하지."

"그게 궁금하오?"

"그럼 안 궁금하겠소? 백도든, 흑도든 한쪽만 끊었다면 모를까 굳이 양쪽 다 끊어서 스스로를 고립시킨 이유가 뭐냐 말이오."

사비환은 신경질적인 목소리로 말했다.

"아주 오래 전에 그런 일이 있었소."

"뭔 일이오?"

"그 당시 만금성의 성주가 만금성의 돈을 받아먹은 문파들에게 도움을 청한 적이 있소. 그런데 그 문파들은 모두 무시했소."

그 말에 사비환은 미간을 모으며 기억을 더듬었다.

"어떤 여인을 죽인 흉수를 찾아달라고 했던 것 같은데."

그때 당시 사비환은 방주가 아니었지만 그걸 기억하고 있었다. 항상 조건 없이 돈을 주던 만금성이 처음으로 도와달라 부탁했기 때문이다.

"맞소. 그 여인이 전대 성주의 부인이오."

사비환의 뺨이 씰룩거렸다.

"그래서 그때의 복수를 하고자 이런 짓을 벌인 것이오?"

그 말에 진도운은 고개를 끄덕였다.

"만금성은 그때 외면한 문파들에게 복수를 하고 싶어 하오. 철마방 역시 그 중의 하나이고."

"그게 언제적 일인데 이제 와서 이 난리를 피우는 것이오? 그리고 만금성의 돈을 받아먹은 곳이 한, 두 군데인 줄 아시오? 그 많은 문파들에게 따지려면 무림 전체를 상대해야 하오."

진도운은 피식 웃었다.

"나도 그렇게 생각한다."

갑자기 그의 말투가 달라지자 사비환의 눈빛도 달라졌다.

"뭐라고?"

"나에겐 어머니란 존재가 없어서 만금성의 심정을 공감하기 어려웠지."

"허, 이 새끼가……."

사비환이 뺨을 씰룩거리며 입꼬리를 꿈틀거렸다. 그런데 그 순간, 진도운이 앞에 있는 탁자를 밀치고 일어나 사비환을 향해 손을 뻗었다.

꽈악!

그의 손이 섬전처럼 날아들더니 단숨에 사비환의 얼굴을

움켜쥐었다. 그 손속이 얼마나 빠른지 진도운이 일어나는 것도 보지 못했는데, 어느새 사비환의 얼굴은 진도운의 손에 잡혀있었다.

"그래도 어쩌겠어? 내 마음대로 만금성을 움직이려면 그놈들의 숙원부터 풀어줘야지. 지금 그놈들 마음속에는 오직 복수를 하겠다는 일념뿐인데."

"으……."

사비환은 내공을 끌어올리며 진도운의 손을 밀어내보지만 진도운의 손은 꿈쩍도 하지 않았다.

"사실 나는 딱히 너희들에게 악감정이 없다. 다만 제물이 필요했을 뿐."

"제, 제물이라니……."

사비환은 용케도 한 글 자씩 내뱉었다.

"누군가는 만금성의 울분을 풀어줘야 하지 않겠어?"

"이, 이런 미친……."

사비환은 있는 힘껏 내공을 끌어올렸다. 그러자 그가 앉고 있던 의자가 산산이 박살이 나며 폭삭 가라앉았다. 하지만 여전히 진도운의 손은 그의 얼굴에서 떨어지지 않았다.

진도운은 피식 웃으며 손을 아래로 눌렀다. 그러자 그 손에 잡혀 있는 사비환의 무릎이 털썩 꺾이며 땅바닥에 닿았다. 그리고 사비환의 얼굴이 터질 것처럼 새빨갛게 달아올랐다.

"끄으……."

"네 부하들은 언제까지 보고만 있을 건지 궁금하군."

진도운의 손가락 사이로 보이는 사비환의 눈동자가 극심하게 흔들렸다.

그 순간, 회색 단삼을 입은 사내들이 창문을 통과하며 객잔 안으로 날아들었다.

쾅!

닫혀 있던 객잔 문을 부수고 안으로 우르르 몰려들어오는 이들도 있었다. 그런데 그렇게 호기 좋게 안으로 들어온 철마방의 무인들은 진도운의 손에 사비환이 잡혀 있는 걸 보고 중간에 멈춰 섰다.

"바, 방주님!"

"이 새끼가 그 손 안 치우냐?"

"그 손모가지부터 콱……."

사방에서 욕지거리가 날아들었다. 동시에 진도운의 손에 잡혀 있는 사비환의 얼굴에서 실소가 흘러나왔다.

"흐흐흐……. 이 새끼, 넌 죽었어. 여기서 네가 살아나갈 수 있을 것 같냐?"

그는 얼굴이 새빨갛게 달아오른 채 말을 이었다.

"여기에 모인 내 부하들이 몇 명……. 커억!"

그때였다.

쿵!

진도운이 그의 얼굴을 내리눌렀다. 그러자 그의 전신이

객잔 바닥을 뚫고 깊숙이 쳐 박혔다.

"크흑……."

무릎 꿇은 자세 그대로 하체가 바닥에 박혀버린 사비환은 전신의 뼈가 아작 나는 듯한 통증을 느꼈다. 그게 다 진도운의 손에서 흘러나오는 가공할 기운 때문이었다.

"으윽……."

진도운의 손에서 발산되는 기운이 전신을 짓누르는 것도 모자라 뼛속까지 스며들어 온몸을 산산이 부서지게 만들 것 같았다. 그래서 그 고통만큼이나 온몸이 갈가리 찢겨질지도 모른다는 두려움이 사비환의 머릿속을 지배했다. 어느새 그의 머릿속은 새하얗게 질려서 아무런 생각도 하지 못했다.

"100명이라."

진도운은 주변을 둘러보며 말했다. 그러다가 돌연 손 안에 잡혀 있는 사비환의 얼굴을 놓았다.

"크어어어!"

사비환은 거칠게 숨을 토해내며 몸을 바들바들 떨었다. 그리고 천천히 제정신을 찾으며 주변 상황을 살폈다. 그리고 부하들이 보고 있는 앞에서 자신이 무릎 꿇고 있다는 사실을 깨달았다.

"이런 씨벌……."

사비환의 얼굴이 악귀처럼 일그러졌다. 방금 전 공격으로 진도운이 자신의 무위를 훨씬 뛰어넘는 상대라는 걸 깨

달았지만, 100명이나 되는 부하들이 함께 있으니 자신감이
생겼다.

"이미 늦었어. 새끼야. 넌 여기서 절대 살아나가지 못
해."

사비환은 객잔 안에 있는 자신의 부하들을 보고 진도운
이 손을 놔준 거라 생각했다. 하지만 진도운은 도리어 하얀
이를 드러내며 오른 손을 뻗었다.

"어? 어! 씨, 이거 뭐야?"

그의 오른쪽에 있던 철마방의 무인들 중에서 한 명이 보
이지 않는 손에 이끌려가는 것처럼 진도운의 손 안으로 빨
려 들어갔다.

콰득.

진도운은 단숨에 그 자의 목을 움켜쥐고 머리 위로 쭉 들
어올렸다.

"끄윽!"

철마방의 무인은 자신의 목을 잡고 있는 진도운의 손을
막 치며 물속에 있는 것처럼 허우적거렸다. 동시에 그 자
가 쥐고 있던 검이 바닥으로 떨어지며 청량한 쇳소리를 냈
다.

챙그랑!

"끅!"

진도운은 단숨에 그 자의 목을 꺾었다. 그리고 쓰레기를
버리듯 그 자의 시신을 바닥에 내팽겨 쳤다.

진도운이 손을 내밀자 바닥에 떨어져 있던 검이 스르르 올라와 그 손 안에 들어왔다. 그 순간 진도운은 검 끝을 땅바닥으로 돌리며 검의 손잡이를 꽉 쥐었다. 그리고 몸을 낮추며 검을 내리 찍었다.

쾅!

체중을 실은 검 끝이 아직도 무릎 꿇고 있는 사비환의 허벅지에 박혔다.

"끄아아아아!"

사비환의 얼굴이 새하얗게 질려서 입이 찢어져라 비명을 질렀다. 그도 그럴 것이 진도운의 검은 사비환이 무릎 꿇으며 두 겹으로 겹친 허벅지와 종아리를 꿰뚫고 그 아래에 있는 땅에 박혔다. 그렇게 깊숙이 검을 박았는데 비명을 지르지 않을 수 없었다.

"끄으……. 이 미친 새끼. 뭣들 하고 있는 거냐? 쳐라, 어서!"

사비환이 반쯤 정신을 놓으며 다급하게 소리쳤다. 그러자 잠시 멍하게 서있던 철마방의 무인들이 정신을 차리고 몸을 날렸다. 그 넓은 객잔 안을 꽉 채운 철마방의 무인들이 한 번에 날아드니, 진도운의 모습은 그들의 신형에 뒤덮여 보이지도 않았다.

우드득.

그때, 진도운이 밟고 서있는 객잔 바닥에 금이 갔다.

드드드득!

진도운의 발을 중심으로 뻗어간 금이 거미줄처럼 객잔 바닥을 뒤덮었다.

파지지직!

동시에 진도운의 전신에서 살기가 벼락처럼 번뜩였다.

귀살류의 2초식, 매나(昧羅)를 펼친 것이다.

어느새 양손을 떨친 그의 팔에서 살기가 나와 나뭇가지처럼 사방으로 뻗어갔다. 순식간에 객잔 안을 가득 채운 살기는 그물망처럼 치렁치렁 뒤엉켜 철마방의 무인들을 덮쳤다.

그리고 그 순간.

콰콰콰콰콰쾅!

그 커다란 객잔이 산산이 박살나며 온갖 부스러기들이 사방으로 튀었다. 그리고 그 중심에서 퍼져 나오는 기의 파동에 나무 파편이 휩쓸리더니 가루가 되어 흩날렸다.

온 사방이 돌가루에 휩쓸려 아무것도 보이지 않았다. 그때 돌가루 안쪽에서 일진광풍이 불더니 사방에 떠다니는 돌가루를 싹 걷어냈다.

쏴아아아.

그 바람 속에 진도운이 서있었고 그의 앞에는 입을 쩍 벌린 사비환이 눈을 휘둥그렇게 뜬 채 진도운을 보고 있었다. 그리고 주변에는 온갖 잔해들 속에 철마방의 무인들이 깔려 있었다.

"이, 이게 어찌 된……."

객잔이 꽉 차서 안으로 들어가지 못하고 밖에서 대기 중이던 30명의 철마방 무인들은 반쯤 넋을 놓고 가만히 서있었다.

공기는 잔잔했다. 부스러기들이 나돌긴 했으나 그 사이에 나도는 먼지는 없었다. 모든 것이 조용히 가라앉아 침묵을 지켰다.

파직, 지지직.

진도운의 몸에서 잔여 살기가 남아 꿈틀거리고 있었다. 중요한 건 그가 아니었다. 그의 주변에서 잔해에 깔려있는 70명의 시신들이었다. 그 시신들은 피부가 다 터져나가고 살점이 부풀어 오른 흉측한 모습으로 잔해 사이에 껴 있었다. 그 중에서 숨을 쉬는 사람은 단 한 명도 없었다.

"이, 이 무공은……."

사비환은 입술이 파리하게 질려서 한 글자씩 내뱉었다.

"알아보는군."

"구, 구야혈교의……."

사비환은 갑자기 온몸을 부들부들 떨었다. 그는 진도운이 펼친 귀살류에 닿지도 않았건만 얼굴은 창백하고 입술은 보랏빛으로 물들어있었다. 무엇보다 그의 눈에서 더 이상 싸울 투지가 보이지 않았다.

완벽한 무력감이 그의 전신을 지배하고 있었다. 아니, 더 나아가 온몸을 조여 오는 지독한 공포가 그의 정신을 뒤흔들었다.

"어, 어떻게 그 무공을……."

사비환은 연신 믿을 수 없다는 듯이 말했다.

"지금 이 상황에서 묻고 싶은 게 그것뿐인가?"

"……."

사비환은 숨이 턱 막혀오는 걸 느꼈다. 진도운이 은연중에 뿜어낸 기세가 그의 전신을 스치고 지나갔다. 그 때문인지 그의 눈에선 어떠한 활기도 보이지 않았다.

"그, 그대가 구야혈교와 연관이 있는 사람인 줄 몰랐소. 그런 줄 알았다면 절대 만금성을 귀찮게 하지 않았을 것이오."

사비환의 비굴한 모습에도 주변에 있는 그의 부하들은 절대 창피해 하지 않았다. 오히려 그의 입에서 구야혈교란 이름이 나온 순간부터 부하들의 얼굴까지도 새파랗게 질렸다.

"구, 구야혈교라고?"

"어째서 만금성이 구야혈교와……."

객잔 밖에 있던 철마방 무인들은 귀신이라도 본 것처럼 넋이 나간 표정으로 중얼거렸다. 흑도에서 나름 쟁쟁하게 굴러먹던 철마방조차 두려워 할 만큼 구야혈교는 무시무시한 존재였다.

'구야혈교는 상대를 처절하게 뒤틀고 파괴해서 영혼마저 갈가리 찢어놓지.'

그 누구보다 진도운이 잘 알고 있었다. 그래서 지금 철마방 무인들의 얼굴에서 투지가 사그라지는 것도 이해했다. 다만, 때가 좋지 않았다. 예전이었다면 저런 얼굴들을 보며 기뻐했을 것이다. 하지만 지금은 아니다. 자신은 구야혈교에서 쫓겨난 몸…….

바득.

진도운은 어금니를 꽉 깨물었다. 동시에 그의 얼굴에 냉랭한 표정이 깃들었다. 자신을 앞두고 구야혈교를 두려워하고 있는 모습이 그의 심정을 건드린 것이다.

진도운은 사비환의 허벅지에 꽂혀있는 검을 뽑았다.

"으읍."

사비환은 몸을 움찔거리긴 했지만 괜히 진도운의 신경을 거스를까봐 입을 꾹 닫고 비명을 참았다. 그리고 검이 다 빠지자 스스로를 대견해 하며 마음을 놓았다.

"지금쯤 철마방도 만금성의 손에 넘어갔을 것이다."

그 말에 사비환의 마음이 다시 요동치기 시작했다.

"내가 없는 사이에 본 방을 친 것이오?"

"철마방도 똑같았지."

그의 말이 옳았다. 철마방에서도 만금성과 협상하는 시간에 맞춰 만금성의 사업장으로 철마방의 제자들을 보냈다. 어찌 보면 두 곳 모두 비슷한 계획이었지만 실패한 건 철마방뿐이었다. 그건 철마방이 어떻게 움직이는지 꿰뚫어보지 않고서는 일어날 수 없는 일이었다.

"어떻게 알고……."

"네가 사자로 보낸 놈이 말해주었다."

"그놈들이 죽기 전에 다 불었단 말이오?"

"네가 사자로 보낸 두 놈에게 내가 한 놈만 살려주겠다고 했거든. 그랬더니 조기명이란 놈이 자신을 살려달라고 싹싹 빌더라고. 그래서 보내주는 척 밖으로 내보냈지."

"……."

"그랬더니 남아있는 놈이 화가 나서 다 불었어. 물론, 내가 자극 좀 했지."

그 말을 들은 사비환은 어처구니없다는 듯 웃었다.

"결국엔 두 놈 다 죽이지 않았소?"

"그랬지."

그 말에 사비환이 눈을 꾹 감았다가 떴다. 본능적으로 진도운이 자신을 살려두지 않을 거란 걸 깨달았다.

"나를 죽일 생각이오?"

"당연한 소리를 하는군."

진도운은 아직 한쪽에 남아있는 철마방의 무인들을 향해 손을 뻗었다. 그리곤 허공에 일(一)자로 손을 그었다.

서걱!

섬뜩한 소리가 귓가에 울리며 30명이나 되는 무인들의 목에 기다란 혈흔이 생겼다. 소름끼치도록 깔끔한 붉은 선을 따라 철마방 무인들의 목이 깨끗한 단면을 드러냈다. 어느새 그 위에 있던 목이 옆으로 주르륵 미끄러지며 땅으로 떨어지고 있었다.

그 순간만큼은 숨이 막히도록 조용했다. 소리마저 침묵을 지킬 만큼 고요한 죽음이었다.

쓰스스스!

머리가 잘려나간 목의 단면에서 하얀 연기가 피어올랐다. 그것만 봐도 천목수에 당한 흔적이란 걸 알 수 있었다.

투투투툭.

30명의 머리가 동시에 떨어지고 뒤이어 머리를 잃은 몸뚱이가 한 번에 쓰러졌다.

"……"

사비환은 그 자리에서 얼어붙은 것처럼 꼼짝도 못했다. 그 말도 안 되는 광경에 온몸이 굳어서 꼼짝도 안했다. 방금 눈앞에서 벌어진 건 어떤 기척도 없이 순식간에 벌어진 학살이었다.

순간, 사비환은 몸 깊은 곳에서 헛구역질이 올라오는 걸 느꼈다.

"웨엑!"

"철마방의 방주라는 놈이 비위가 그리 약해서야."

비위가 약해서가 아니라 저들에게 일어난 일이 자신에게 일어날까봐 미치도록 두려웠기 때문이다.

사비환은 입가에 묻어있는 침을 손등으로 닦았다.

"보, 봉문을 하겠소."

"뭐라고?"

"봉문을 선언하고 본 방의 땅도 다 넘겨주겠소."

진도운은 피식 웃었다.

"그래서 살려달라고?"

"철마방을 이대로 없앨 순 없소."

"지금쯤 철마방에 살아있는 놈들도 없을 텐데."

"……!"

사비환의 동공이 확대됐다.

"제길! 꼭 그럴 필요가 있었소?"

"말했잖아. 그래야 만금성의 울분을 달랠 수 있다고."

이젠 꼭 그 이유가 아니어도 사비환을 죽여야만 했다. 그래야지만 구야혈교라는 말에 격렬히 뛰기 시작한 심장이 좀 진정될 것 같았다.

"크흑."

사비환은 이제 더 이상 가망이 없음을 깨닫고 고개를 푹 숙였다.

진도운은 그의 머리 위로 조용히 손을 뻗었다.

스팟!

진도운의 손에서 무형의 기운이 칼날처럼 뽑혀져 나와 사비환의 머리통을 꿰뚫었다.

쿠웅!

머리부터 시작해서 사비환의 전신이 땅에 고꾸라졌다. 그리고 그 머리통에 생긴 구멍에서 하얀 연기가 올라오고 있었다. 그것 역시 천목수의 1초식, 천목도가 남긴 흔적이 었다.

하지만 진도운은 그에게 눈길 한 번 주지 않고 몸을 돌렸다. 그리고 품속에서 금자 몇 개를 꺼내 객잔이 무너져 있는 잔해 옆에 두었다. 철마방 놈들에게 주는 게 아니라, 객잔 주인에게 주는 돈이었다. 객잔이 무너졌으니 새로 지으라고 말이다.

진도운은 다시 몸을 돌려 철마방으로 향했다.

진도운은 철마방을 앞두고 잠시 걸음을 멈췄다. 저 눈앞에 보이는 철마방의 건물들 위로 금빛 물결이 흔들리고 있었다. 그건 만금성의 깃발들이 흔들리는 모습이었다. 철마방에 만금성의 깃발이 꽂혔다는 건…….

'완전히 함락했다는 뜻이군.'

진도운은 철마방 안으로 들어갔다. 입구에서부터 철마방 무인들의 시신이 널브러져 있었다. 헌데, 그 시신에 남아있는 흔적이 심상치 않았다. 살점이 뜯겨져 나가고 팔, 다리가 잘려 있었다. 그건 그동안 만금성이 쌓아왔던 울분이 한번에 폭발해서 그런 것도 있지만 자신이 신환방의 무공을 거칠게 바꾼 탓도 있었다.

'너무 거칠었나?'

진도운은 피식 웃으며 안으로 들어갔다. 그럴수록 바닥에 깔려있는 시신의 수가 늘어났고 바닥에 끈덕지게 달라

붉은 핏자국도 더 많이 나타났다. 그 모든 것들을 스쳐 지나가고 철마방의 한 가운데에 있는 대연무장에 들어섰다.

"성주님을 뵙습니다."

그곳에 모여 있는 제금사휘단의 무인들이 일제히 한쪽 무릎을 꿇으며 말했다. 그들이 내는 목소리가 하나로 합쳐져 쩌렁쩌렁 울렸다.

진도운은 만족스러운 미소를 머금고 일어나라고 말했다. 그러자 제금사휘단의 무인들은 일제히 일어서서 절도 있는 자세로 서 있었다.

진도운은 주변을 둘러봤다. 대연무장 밖으로 보이는 건물들 위에 만금성의 깃발이 펄럭이고 있었고 그 아래 철마방 무인들의 시신들이 걸레짝처럼 널려 있었다.

"모두 끝났군."

"예."

제금사휘단의 네 단주 중에서 체격이 가장 큰 중년인이 대표 격으로 말했다.

"생존자는?"

"없습니다."

"수고했다."

그 말에 중년인은 절도 있게 고개를 숙였다. 그리고 진도운은 주변을 둘러보며 말을 이었다.

"당분간 이대로 두어라."

"예."

철마방을 이대로 남겨두면 금세 소문이 퍼질 것이다. 본래 문파에 타문파의 깃발이 꽂혀있는 것만큼이나 치욕스러운 일은 없으니 무림인들 사이에서는 더욱 화제가 될 것이다.

"안휘성 북쪽에서 철마방과 관련되어 있는 것들을 뿌리채 뽑아라. 그리고 지금처럼 만금성의 깃발을 꽂는 것도 잊지 말고."

"알겠습니다."

'아쉽군.'

몇 명 살려둬서 소문을 지펴볼까 했지만 이내 고개를 저었다. 이 정도면 소문이 알아서 퍼질 것이다.

진도운은 품속에서 종이 두 장을 꺼냈다. 그것은 철마방에서 두 번이나 보낸 서찰이었다. 그는 그 두 장의 서찰을 바닥에 던졌다. 일전에 서찰들을 돌려주기로 결심한 일을 지금 한 것이다.

"가자."

진도운이 몸을 돌리며 말했다. 그러자 그의 뒤로 제금사휘단의 무인들이 위풍당당한 걸음으로 따라 나섰다.

문파를 멸문시키는 건 단순히 그 문파를 없애는 것만으로는 끝나지 않는다. 특히 철마방처럼 대문파 같은 경우는 200년 가까이 안휘성 북쪽을 다스렸으니 곳곳에 그들의 뿌리가 박혀 있었다. 그 뿌리를 제거해야지만 철마방을 완

287

전히 멸문시킬 수 있었다.

먼저 철마방의 제자들이 철마방을 나와 만든 무관이나 철마방이 오랫동안 운영해오던 여러 사업장들을 모두 문을 닫게 만들고 그 자리에 만금성의 사업장을 새롭게 차렸다. 물론, 그 안에 사람들도 만금성의 사람들로 새롭게 채워 넣었다.

그리고 지난 반 년 동안 만금성에서 세운 분타 중에 북쪽에 위치한 분타에 사람을 보냈다. 그것은 안휘성의 북쪽 땅이 만금성의 땅이란 걸 선포하는 행위였다.

진도운은 순식간에 일을 진행시켰고 그동안 철마방이 멸문 당했다는 소문이 퍼지기 시작했다. 그건 무림에서 아무도 예측하지 못한 일이었다. 대부분의 대문파들은 만금성이 문파로 선언한 순간, 같은 지역에 있는 철마방이나 남궁세가에 혼쭐이 나고 다시 본래의 만금성으로 돌아갈 거라 생각했다. 그런데 갑작스럽게 철마방이 멸문 당했다고 하니 놀라지 않을 수가 없었다.

예전처럼 무작정 만금성에 압박을 가하는 서찰이 눈에 띄게 줄어들었고 이전보다 만금성을 심각하게 바라보는 시선들이 늘어났다. 그만큼 철마방을 멸문시킨 건 충격적인 일이었다.

하지만 정작 그 돌풍의 중심에 있는 진도운은 대동하는 이도 하나 없이 느긋하게 안휘성의 북쪽 땅을 거닐고 있었다. 그는 지금 시나귀를 만나기 위해 외부인이 장주로 있는 전장으로 향하는 중이었다.

'여기라고 그랬지.'

진도운은 일전에 만난 단유휘가 해준 말을 떠올리며 여기까지 왔다. 이곳이 안휘성에서 유일하게 외부인이 장주를 맡고 있는 전장이었다. 그런데 그 앞에 서자 전장 안에 웅크리고 있는 거대한 기운이 느껴졌다.

'시나귀군.'

그 거대한 기운을 완벽하게 갈무리하고 있었다. 그래서 웬만한 사람은 그의 바로 옆에 있어도 아무런 기운도 못 느낄 것이다. 하지만 진도운은 건물 밖에서도 그의 기운을 생생하게 잡아냈다.

진도운은 씩 웃으며 안으로 들어갔다. 그리고 안으로 들어가자마자 자연스럽게 한 사람을 쳐다보았다. 그는 머리칼을 뒤로 넘긴 깔끔한 인상의 중년인이었다. 게다가 입고 있는 비단 장삼도 어찌나 잘 어울리는지 길거리에서 만났다면 고관대작이라 생각했을 것이다.

"여, 여긴 어쩐 일로……."

주변에서 누군가 알아보고 한 말에 전장 안에 있던 사람들의 시선이 진도운에게 쏠렸다. 그 중 만금성의 사람들은 진도운이 누군지 알아봤지만 외부인들은 그가 성주란 걸 알아보지 못했다. 그래도 주변 반응을 보고 만금성에서 꽤 높은 직위의 사람이란 건 눈치껏 알 수 있었다.

"모두 나가있도록."

그 한 마디에 전장 안에 있던 사람들이 허겁지겁 밖으로 나섰다. 물론 그들 사이에는 평범한 사람으로 위장해있는 그 중년인도 껴 있었다.

"자넨 빼고."

진도운은 중년인의 앞을 막아서며 말했다. 그러자 중년인의 눈동자가 미세하게 흔들렸다.

"저에게 하실 말씀이라도 있으십니까?"

중년인은 금세 무표정으로 돌아와 물었다. 하지만 진도운은 다른 사람들이 밖으로 다 나가기 전까지 대답하지 않았다.

"할 말이야 많지."

'뭐지?'

중년인은 머릿속이 혼란스러웠다. 눈앞에 있는 사내가 어딘지 모르게 익숙했지만 그 정체가 시원하게 떠오르진 않았다. 지금 짐작할 수 있는 건 그가 만금성의 사람이라는 것뿐이었다.

"내가 누군 줄 아나?"

"모르겠습니다."

"만금성의 성주일세."

"……!"

다짜고짜 정체를 밝히는 말에 중년인은 눈에 띄게 움찔거렸다.

"아마 자네는 내 얼굴을 한 번 본 적이 있을 거야. 예전에 만금성에서 나를 찾겠다고 내 얼굴이 그려진 서찰을 뿌린 적이 있거든."

그 말에 중년인의 눈빛이 다시 한 번 흔들렸다.

"아, 그 서찰 말입니까? 이제 보니 기억이 나는 것 같군요. 아마 저 말고도 많은 사람들이 봤을 겁니다. 중원 전역에 뿌려졌으니……."

진도운은 고개를 끄덕이다가 자신도 모르게 피식 웃었다.

"그동안 전장을 꾸려오느라 수고가 많았네. 찾아보니 이곳 전장이 꽤 수익을 잘 내더군."

"제가 한 일이 뭐가 있겠습니까? 다 만금성 덕분이죠."

"그렇겠지."

"예?"

"우리가 아니었다면 이만한 수익을 내지 못했을 거라고."

중년인은 어색하게 웃으며 고개를 세차게 끄덕였다.

"맞습니다. 만금성이 아니었다면……."

"이만 나갔으면 좋겠군."

"알겠습니다. 저도 나가있겠습니다."

"이 전장에서 아예 나가달라는 말이다."

그 말에 중년인이 멈칫했다.

"제가 뭘 잘못한 거라도……."

"몰라서 묻는 건 아니겠지?"

"……."

중년인은 아무리 생각해봐도 마땅히 잘못한 점을 떠올리지 못했다. 분명 자신은 이 전장을 운영함에 있어서 최선을 다했고 충분한 성과도 냈다. 그런데 이렇게 성주가 직접 와서 갑자기 나가라고 하다니?

"이름은 호문량, 나이는 45세. 집안 대대로 만금성과 계약을 맺고 이곳 전장을 꾸려왔지."

"맞습니다."

"지금까지 이곳에서만 있었나?"

"그렇습니다. 저희 집안 대대로 이곳 전장에서만 일해왔습니다. 그런데 이렇게 갑자기 나가시라고 하시면……."

호문량은 울상을 지으며 말했다.

"그럼 그동안 돈도 많이 모았겠군. 내가 보기에 그동안 벌어들인 돈만 봐도 평생 놀고먹고 살 수 있겠는 걸."

만금성과 한 번 계약을 맺으면 평생을 풍족하게 산다는 말이 있을 만큼 만금성은 후한 임금을 지불한다. 그런데 그걸 집안 대대로 받아왔으니 모르기 몰라도 상당한 재산을 축적했을 것이다.

"어찌 돈이 다겠습니까? 이곳에서 일해 온 명맥이 있는데……."

진도운은 참지 못하고 피식 웃어버렸다.

"누가 보면 진짜로 이 전장에 애착이라도 있는 줄 알겠군."

"제 평생을 이 전장에 바쳤습니다."

"이 전장이 아니라 백선문에 바쳤겠지."

"그게 무슨 말씀이신지……."

호문량은 아무것도 모르겠다는 듯 되물었다.

"내가 내 입으로 네가 시나귀라는 것까지 말해야 하나?"

"……."

"그동안 만금성 옆에 찰싹 붙어서 만금성의 정보를 잘도 갖다 넘겼더군."

그 말에 호문량의 표정이 싸늘하게 식어갔다. 저렇게까지 말했다는 건 이미 자신에 대해 다 알고 왔다는 뜻이라.

"어떻게 아셨소?"

그의 말투가 달라졌다. 더불어 그의 눈빛도 달라졌다.

"그게 중요한가? 지금은 그런 것보다 너의 안위에나 신경 써야 할 때 같은데."

하지만 그건 걱정 없다는 듯 호문량의 얼굴에는 미동도 없었다.

"내게 중요한 질문이오. 성주님이 알고 있다는 건 누군가 정보를 흘렸다는 얘긴데……."

"나는 처음부터 시나귀란 존재를 알고 있었다."

"두둔하고 계시는군요."

호문량은 진도운이 정보를 제공해준 사람을 보호해주고

있다고 생각했다. 그에 어처구니없다는 듯 미소를 지은 진도운은 좌측으로 주먹을 내질렀다. 그 순간, 그 주먹에서 둥그런 칼바람이 일어나더니 공기를 갈가리 찢어발겼다. 다만, 그 칼바람이 작게 일어나서 주변에 있는 가구에 닿진 않았다.

후우우우!

후폭풍도 미약하게 일어났고 또한 천목수 특유의 하얀 연기도 대기 속에서만 타올랐다.

"……!"

호문량은 눈을 부릅뜨며 본능적으로 물러섰다. 그리고 믿을 수 없다는 듯 진도운을 뚫어져라 쳐다봤다. 지금 그의 머릿속은 어지럽게 휘돌고 있었다.

"어떻게 천목수의 3초식을 알고 있는 것이오?"

분명 자신이 아는 대나귀는 진도운이 아니었다. 그 대나귀의 제자도 진도운이 아니었다. 그런데 어떻게…….

"나도 대나귀의 진전을 이어받았다."

"그건 말이 되질 않소."

"내 이름은 백우결이다. 한때, 천수악 스승님의 첫 번째 제자였지."

호문량은 온몸에 소름이 돋는 걸 느끼며 온몸을 부르르 떨었다. 그동안 시나귀들은 백선문에 있지 않아서 백우결의 얼굴을 보지 못했지만 적어도 그 존재만큼은 알고 있었다.

"허……."

호문량은 지금 이 상황을 믿을 수 없다는 듯 입을 다물지 못했다.

"그래. 놀랄 일이지. 만금성의 후계자가 한때 백선문의 제자였다고 하니."

"하지만 천목수는 어떻게 배운 것이오? 백선문의 제자라는 것까진 그렇다 치더라도 천목수는……."

"우연이었지."

진도운은 간략하게 시나귀의 근거지를 발견하게 된 얘기를 해주며 그 안에서 뭘 봤는지까지 다 얘기해주었다. 다만, 그 위치만큼은 얼버무렸다. 혹시 나중에라도 찾아가 천목수의 3초식을 배우겠다며 난리를 칠 수 있으니 말이다.

"그걸 믿으란 거요?"

"믿든 말든 중요한 게 아니지. 중요한 건 내가 작금의 대나귀를 물러나게 만들 수 있단 거지."

"……."

"내가 알기론 21대 대나귀 때 시나귀들은 자유의 몸이 되었다. 그런데 왜 지금 다시 대나귀 밑에서 일하고 있는 거지?"

호문량의 눈빛이 흔들렸다. 그는 순간 진도운이 대나귀가 자신을 시험하려고 보낸 사람 일수도 있다고 생각했다. 하지만 이내 그 생각을 접었다.

'만금성의 성주가 대나귀의 밑에 있을 리 없지.'

더군다나 천목수의 3초식까지 알고 있었다. 그건 대나귀가 시나귀들을 다루는 최후의 수단이었다. 그걸 본인을 제외하고 다른 사람에 알려 줄 리 없었다.

〈3권에서 계속〉